로크미디어가
유혹하는
재미있는 세상
ROK MEDIA
로크미디어

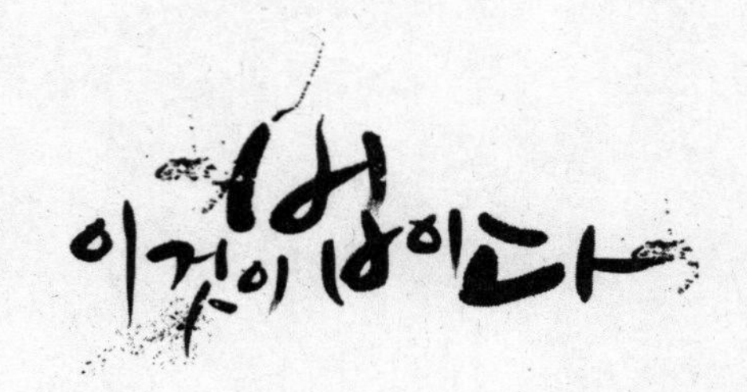
이것이 삶이다

# 이것이 법이다 50

2018년 11월 12일 초판 1쇄 인쇄
2018년 11월 15일 초판 1쇄 발행

**지은이** 자카예프
**발행인** 이종주

**기획 팀** 이기헌 왕소현 박경무 이승제
**책임 편집** 최전경

**발행처** (주)로크미디어
**출판등록** 2003년 3월 24일
**주소** 서울시 마포구 성암로 330 DMC첨단산업센터 3층 318호, 319호
**Tel** (02)3273-5135 **Fax** (02)3273-5134
**홈페이지** rokmedia.com **E-mail** rokmedia@empas.com



값 8,000원

ISBN 979-11-294-0833-4 (50권)
ISBN 979-11-255-9575-5 04810 (세트)

자카예프 장편소설

이 소설은 픽션입니다.
등장하는 인물 및 지명 등은 현실과 연관이 없습니다.
또한 소설 내에 나오는 법이나 법리 해석의 경우에도 대중문학의 극적 전개를 위하여 일부분 과장되거나 변형된 것이 존재하니 실제 법과 혼동하지 않으시길 바랍니다.

# CONTENTS

파워 블로거지?

“맛있네.”

노형진은 흡족한 표정을 하면서 미소를 지었다.

“맞아요. 송 대표님, 어떻게 이런 곳을 아셨어요?”

“이 나이쯤 되면 사람들이 잘 모르는 곳도 알게 되지. 나라가 이 꼴인데 먹는 즐거움이라도 있어야 하지 않겠는가?”

“하긴.”

노형진은 고개를 끄덕거렸다.

요즘 들어 경기는 급속도로 냉각되어 가고 있었다.

역사적으로도 이건 10년 가까이 이어질 수밖에 없는 상황.

‘그리고 내 재산은 무섭게 불어 나가고 있고 말이지.’

노형진은 씁쓸하게 생각했다.

얼마 전 노형진의 재산은 10조를 돌파했다.

'돈이 돈을 부른다더니.'

노형진이 회귀하기 전 어떤 부자와 이야기할 때 그가 한 말이 있었다.

1억을 만드는 데 5년이 걸렸다. 하지만 그걸 5억으로 만드는 데에는 2년이 걸렸고, 그걸 다시 10억으로 만드는 데에는 1년밖에 걸렸다.

돈이 돈을 부른다고, 돈이 있으면 자연스럽게 돈이 늘어날 수밖에 없는 것이 자본주의의 구조였다.

'뭐, 단위가 다른 것도 있지만.'

거기에다 자신은 미래의 지식을 일부 가지고 있다.

모든 주식에 대해서 다 아는 것은 물론 아니나 어떤 상품이 성공하는지 혹은 어떤 기업의 주식이 이슈화되는지, 뉴스에서 봤던 것은 기억한다.

자세한 정보는 아니지만, 어쨌거나 그렇게 이슈화가 될 만한 정보의 아이템들이라면 그만큼 이율이 좋았다는 뜻이기도 하다.

'하지만 비트코인만 하겠어.'

노형진은 히죽 웃었다.

비트코인은 얼마 후 100배 가깝게 가격이 상승한다.

10조가 1천조가 되는, 실로 터무니없는 배율이다.

역사적으로 비트코인의 상승 비율은 최대 2만 배라는 비율을 가지고 있으니 그 값어치는 어마어마하다.

더군다나 노형진은 다른 사람들이 비트코인을 사서 모으는것과는 다르게 슈퍼컴퓨터를 직접 구입해서 채굴이라 불리는 일종의 제작을 하고 있으니, 기본 자금을 빼고 나면 그 후부터는 무에서 유를 창조하는 수준이다.

'그 전에도 다른 곳에 계속 투자는 하고 있으니.'

한국의 만수르가 될 거라는 생각이 문득 든 노형진은 히죽 웃었다.

그때는 진짜로 자신의 돈만으로도 한국을 깨끗하게 할 수 있을지도 모른다.

"뭘 그렇게 웃나?"

"아니요. 그냥 이번에 투자한 것 좀 생각하고 있습니다."

"아, 이번에 투자한 거? 덕분에 나도 목에 힘 좀 주고 있네, 허허허."

새론은 전체적으로 다른 변호사들보다 수익이 낮을 수밖에 없다.

상식적으로 다른 곳이라면 4천만 원짜리 사건을 400만 원만 받고 하는데 변호사들이 좋을 리 없다.

그걸 벌충하는 것이 바로 노형진이다.

노형진이 적당한 투자처를 알려 주면 다른 사람들은 거기에 투자해서 수익을 창출한다.

물론 외부적으로는 비밀이다.

'돈이 있어야 한다.'

자신뿐만 아니라 다른 사람들도 그렇다.

돈이 있어야 당당해지고, 돈이 있어야 바른 일을 할 수 있다.

물론 모든 변호사들에게 그리해 주는 것은 아니고, 수년간 봐 와서 그 정의감이 확실한 사람들에게만 알려 주는 거지만.

"그래서 이참에 나 이사 가려고."

"응?"

"그냥 이번에 조건이 좋은 아파트가 나와서 말이지."

손채림은 입술을 냅킨으로 닦으면서 말했다.

"벌써 자금을 다 모은 거야?"

"벌써가 아니지."

"하긴. 넌 살짝 편법을 쓰기는 했지."

"살짝은 아니지 싶은데?"

"하하하."

노형진은 손채림에게 약간의 금전을 지원해 줬다.

준 것은 아니다. 명백하게 빌려준 것이다.

그녀의 인생이 자신 때문에 바뀌어 버린 탓도 있지만, 자신 때문에 집안에서조차 버려진 걸 양심상 그냥 둘 수가 없었던 것이다.

그녀에게 돈을 빌려주고 정보를 제공했으니 그 자금으로 적지 않은 수익을 낼 수 있었을 것이다.

"이번만이다. 알지?"

"알아. 덕분에 나만 편해졌지, 뭐."

히죽 웃는 손채림을 보면서 노형진의 얼굴에도 미소가 떠올랐다.

왠지 마음의 짐을 일부 덜어 낸 느낌이었다.

"나야말로 땡큐지. 안 그래도 처가댁이 전세가 끝나 가서 고민하고 계셨거든."

송정한 역시 얼굴에 미소가 가득했다.

처가댁의 전세 기간이 끝나 가는데 집주인이 전세금을 무려 1억이나 올려 달라고 요구해 왔다.

그다지 부자가 아닌 그의 장인어른은 결국 집을 빼야 하는 상황에 처했는데, 송정한의 주식이 대박이 나면서 그대로 살 수 있게 된 것이다.

"요즘 집에 가면 아주 황제 취급이야, 하하하."

"좋으시겠습니다."

"좋지. 좋으니까 이렇게 대접을 다 하지."

"그런데 대접치고는 너무 싼 거 아닙니까?"

"이 사람아, 여긴 내가 엄청 고민한 끝에 공개한 곳이야."

"음…… 인정하겠습니다."

그다지 비싼 곳은 아니다. 메뉴도 흔해 빠진 부대찌개다.

하지만 다른 곳과는 확연하게 다른 맛을 자랑하고 있었다.

"특이한 메뉴로 유명해지는 건 쉽네. 하지만 흔한 메뉴로 맛있게 하는 건 어렵지."

"알지요. 오죽하면 가장 힘든 게 라면이라는 말이 다 있겠습니까?"

"인정."

라면은 누구나 할 수 있고, 누가 하든 중간은 간다.

그러나 그걸 내놓아서 맛있다는 소리를 듣는 것은 상당히 힘든 일이다.

"그리고 비싼 거 사 주고 싶어도 뭐, 전세 자금 내고 나니 어쩔 수 없지 않나."

"하긴요. 오죽하면 조물주 위에 건물주라는 말도 있으니까요."

"조물주 위에 건물주? 틀린 말은 아니구먼."

주식 투자든 뭐든, 1억이라는 돈을 번다는 건 결코 쉬운 일이 아니다. 당연히 그걸 위해서 대출까지 끼고 빌린 돈도 존재한다.

그러니 어쩔 수 없다면 어쩔 수 없는 상황.

"그래도 내가 아껴 두던 곳인데 특별히 공개한 거야."

"납득할 만한 맛입니다."

노형진은 인정한 듯 고개를 끄덕거렸다.

두 생애를 통틀어서 이런 맛집은 처음이었다.

"자, 그러면 가세."

"그럴까요?"

자리에서 일어나서 나가려고 하는 그때였다.

그들의 눈에 들어온 것은 카운터 앞에서 벌어진 작은 실랑이였다.

"아, 그러니까 우리는 파워 블로거라니까요."

"그래서요?"

"아, 이 아저씨 진짜 눈치 없네. 우리는 파워 블로거예요, 파워 블로거! 여기 봐요! 인터넷에 떡하니 박혀 있잖아요! 파워 블로거!"

자신의 스마트폰을 들이밀면서 소리를 버럭버럭 지르는 남자들 세 명과, 그 앞에서 어이가 없다는 표정이 되어 있는 한 남자.

"난 파워 블로거인지 미션 블로거인지 모른다니까!"

"아, 그러니까 우리가 홍보를 제대로 해 준다니까요."

그걸 보던 노형진의 얼굴에 피식하고 비웃음이 떠올랐다.

'아, 이때쯤이구나.'

'파워 블로거', 아니 '파워 블로거지'라 불리는 인간들.

그들은 자신이 쓰는 글을 많은 사람들이 보는 것을 이용하여 좋게 말하면 동냥질, 사실대로 말하면 협박질을 하는 놈들이었다.

"우리가 한마디만 딱 해 주면 여기 손님들로 바글바글해진다니까요."

"그래서요?"

"우리가 이 가게가 마음에 들어서 그렇게 해 주겠다는데,

그럼 당연히 적당한 성의 표시는 해야 하는 거 아닙니까?"
뒤에서 듣고 있던 노형진은 기가 막혀서 말이 안 나올 지경이었다.
'이건 병신도 아니고.'
그냥 공짜로 밥을 달라는 것도 아니고, 아예 돈을 달라고 요구하고 있었다.
"한 달에 10만 원만 주면 여기 손님 바글바글해지게 만들어 줄게요."
그러나 주인의 얼굴에는 가소로움이 가득했다.
"여기 있는 다른 사람들은 손님으로 안 보입니까?"
"뭐요?"
"여기 있는 다른 사람들은 손님으로 안 보이냐고요."
손님이 바글바글해진다? 그건 좋은 일일 것이다.
하지만 그건 어디까지나 일반적인 업소를 기준으로 말하는 것.
"이미 있는 손님도 못 받는 판국에 어디를 더 불러요? 안 그래도 줄 서서 기다렸다가 먹는 사람들이 많아서 미안해 죽겠구먼."
그나마 점심시간이나 저녁 시간이 아니라면 줄까지 서지는 않아도 된다.
하지만 점심시간이나 저녁 시간에는 사람이 얼마나 많은지 이미 족히 한 시간은 줄을 서서 기다렸다가 먹어야 하는

데, 지금보다 손님이 더 온다면?.

"그건 내가 미안해서 안 되겠습니다. 그냥 돈 내고 가세요."

"아, 이 아저씨 진짜 말귀를 못 들어 처먹네. 그러면 내가 한마디 할까요? 예? 파워 블로거가 얼마나 무서운 사람인지 한번 볼래요?"

결국 말로는 안 된다고 생각해서 그런지 대놓고 협박으로 넘어가는 남자.

그러나 주인장 역시 그렇게 호락호락한 사람이 아니었다.

"어디서 장난질이야! 음식은 정성이야! 너희가 인터넷에서 아가리 턴다고 손님들이 안 올 것 같아? 내가 이 맛을 내려고 수십 년을 고생했어! 그 수십 년이 너희 아가리 몇 줄에 날아갈 것 같아?"

"이 아저씨, 진짜 요즘 세상 무서운 걸 모르네."

적반하장이라고 도리어 목소리를 높이는 남자.

그가 막 다시 한번 하려고 하려는 찰나에, 보다 못한 송정한이 나섰다.

"자네들이야말로 세상 무서운 걸 모르는 것 같군."

"헐!"

"왜?"

"아니, 상황이 이상하잖아. 형진이 네가 나서야 하는 거 아냐?"

"난 그런 이미지냐?"

"응."

노형진은 가만히 있는데 송정한이 나서는 걸 보고는 깜짝 놀라는 손채림.

그 모습에 노형진은 왠지 씁쓸한 기분이 들었다.

'내가 너무 열일 했나.'

그러나 그건 그거고 당장 눈앞에서 벌어지는 싸움은 싸움이다.

세상에서 제일 재미있는 것이 싸움 구경이라고 하지 않던가?

"당신은 또 뭐야?"

"나? 지나가던 직장인일세."

"아, 진짜! 당신 직장 어디야! 내가 인터넷에 한마디만 하면 당신 잘려! 알아? 입닥치고 꺼져!"

"끄응……."

손채림은 그걸 보고 혀를 끌끌 찼다.

상대방은 딱 봐도 자신보다 훨씬 어른이다. 그런데 반말에 협박까지.

"권력에 취해서 제정신이 아니네."

노형진은 파워 블로거지들에 대해서 많이 들어 보기는 했지만 본 것은 처음이었기 때문에 상당히 신기한 눈으로 그들이 하는 양을 구경하고 있었다.

그러는 사이 사람들의 시선도 점점 카운터로 몰렸다.

"홍보를 해 준다고 하면 감사할 줄을 알아야지!"

도리어 점점 더 언성을 높이는 남자들.

“홍보는 계약을 해야 하는 거고, 보아하니 주인장은 계약의 의사가 없어 보이는데?”

“아, 씨팔! 진짜 당신 뭐야!”

송정한이 자꾸 끼어들자 결국 열폭하는 남자들.

그런데 보아하니 사장도 웃음을 꾹꾹 눌러 참는 듯했다.

“사장님은 송 대표님을 아시나 봐.”

“그런 것 같지?”

하긴 송정한이 상당히 오래 다닌 단골집이라고 하니 얼굴을 알 수도 있다. 그렇다면 변호사라는 사실도 당연히 알 테고 말이다.

‘변호사를 대상으로 싸움을 건다라.’

노형진은 왠지 흥미진진한 표정으로 그들을 바라보았다.

“야, 요거 재미있네.”

“내가 왜 너 말리지 않는지 알겠냐?”

“알 것 같다.”

전에는 노형진이 나서서 그들과 싸웠다. 그런데 지금은 그걸 구경하는 입장이 되어서, 과연 저들이 어떻게 변할지 궁금한 나머지 자리를 떠나지 못하고 있었다.

“당신 어디 다녀! 어! 어디 다니느냐고! 당신, 내가 잘라버릴 거야!”

“그건 무리일 것 같은데?”

"뭐? 우리가 누군지 알아! 파워 블로거야, 파워 블로거! 우리가 말 한마디 하면 수십만 명이 우리를 따라 움직인다고!"

"파워 블로거인 건 알겠는데, 사장이 날 자르지는 못할 것 같아."

"흥, 당신도 믿는 백이 있다 이거지?"

"난 백 같은 건 없다네."

송정한은 확실하게 말했다.

그리고 한마디를 덧붙였다.

"내가 사장인데 내가 날 자를 수는 없지 않은가?"

"크하하!"

"으하하!"

결국 참고 있던 음식점 주인은 빵 터졌고, 그 말을 들은 다른 사람들도 크게 뒤집히고 말았다.

그리고 그걸 비웃음으로 받아들인 자칭 '파워 블로거' 세 사람은 얼굴이 붉으락푸르락해졌다.

"어디서 코딱지만 한 곳을 운영하는 모양인데! 어디야! 어디냐고! 그래, 끝장을 보자!"

"끝장을 보자라……. 뭐, 그렇게 하고 싶다면……."

송정한은 슬쩍 고개를 돌려서 노형진을 바라보았다.

"아니, 사장님. 왜 절 보십니까?"

"사장 좋은 게 뭔가? 이런 때 부하 직원을 써먹어야지."

"허?"

물론 노형진은 부하 직원이 아니다.

노형진도 당당한 이사이며, 엄밀하게 말하면 새론의 모든 변호사들은 수평적인 관계에 있다.

그럼에도 불구하고 그가 그렇게 말했다면, 그 이유는 간단하다.

'엿 좀 먹여 봐라 이건데.'

만일 송정한이 여기서 자신의 신분을 드러내면 저들은 아무 일도 없었던 것처럼 슬쩍 도망가려고 할 것이다.

그러니 엿을 좀 먹여야 하는데, 아무래도 창의적으로 엿을 먹이는 것은 송정한보다는 노형진 전문이다.

'뭐, 그것도 나쁘지 않겠네.'

엿을 한번 먹어 봐야 정신을 차릴 놈들이니.

노형진은 히죽 웃으면서 앞으로 나갔다.

"월급 받으면 일해야지요, 하하하."

"얼씨구, 직원 있다고 가오 잡는 거야?"

"가오는 아니고요, 일하는 거죠. 미리 말씀드리지만 전 개인적인 감정은 없습니다. 그냥 사장님이 시켜서 하라는 대로 할 수밖에 없어서 말이지요."

"지랄."

이때까지만 해도 그들은 자신들이 이길 수 있다고 생각하는 듯했다.

하긴, 파워 블로거라고 하면 대부분 두려워하는 것이 사실이니 말이다. 그러나…….

"일단 제 소개부터 해야겠군요. 변호사 노형진이라고 합니다."

"변호사?"

"네. 그리고 이분으로 말씀드리자면, 법무 법인 새론의 대표이신 송정한 변호사님입니다. 부장판사를 역임하신 분이지요."

그러자 방금 전만 해도 고개를 빳빳하게 들고 언성을 높이던 세 사람의 얼굴이 파리해지기 시작했다.

"일단은 일을 하라고 하니 일을 해야겠지요. 이럴 때는 가장 먼저 경찰부터 부르는 게 좋겠네요."

"아니, 굳이 경찰까지 부를 필요가……."

경찰 이야기가 나오자 얼굴이 딱딱해지는 그들.

"이건 명백하게 무전취식이거든요. 그러니 당연히 경찰을 불러야지요."

노형진의 말에 그들은 슬쩍 서로의 눈치를 봤다. 그리고 주머니에서 주섬주섬 카드를 꺼내 들었다.

"저기, 여기…… 결제……."

송정한은 그들을 보면서 고개를 끄덕거렸다.

하지만 그가 원한 건 여기서 끝나는 게 아닐 것이다.

사실 무전취식으로 경찰을 부르는 것은 송정한도 할 수 있는 일이다. 그러나 그 이상을 원했기 때문에 노형진에게 배턴을 넘긴 것이다.

"일단 무전취식은 끝난 것 같지만 말이지요, 협박이랑 업무방해가 남아 있는데요?"

"우리가 뭘 어쨌다고……."

"아까부터 방해하고 계시잖아요. 결제하려고 기다리고 서 있는 거 안 보여요?"

"바로 비켜 드릴게요."

"사건은 이미 성립되었고, 난 모른다고 도망간다고 없던 일 되는 거 아닙니다. 일단 경찰을 부르고 시작하죠."

"헉!"

결국 그들은 와들와들 떨기 시작했다.

"잘못했어요! 잘못했어요!"

"사과는 우리가 아니라 피해자에게 하시지요."

우리나라 범죄자들의 특징이 뭐냐면, 대부분 정작 피해자에게는 사과하지 않는다는 것이다.

처벌에 대한 권한이 검찰과 판사에게 있기 때문에 그들은 경찰과 검찰, 판사에게는 잘못했다는 말을 하지만 피해자에게는 진심을 담아서 사과하지 않는다.

대부분의 경우 합의서를 받고 나면 과거로 돌아가든가, 아니면 다시는 보지도 않는다.

"사장님, 잘못했어요! 엉엉엉!"

눈물을 뚝뚝 흘리면서 비는 세 사람을 본 주인장은 얼굴을 찡그리더니 손을 휙 저었다.

"썩 꺼져."

"네?"

"꺼지라고! 다른 사람들 안 보여?"

"네? 아, 네……. 네, 네……."

그들은 황급하게 그곳을 떠났고, 남은 사람들은 고개를 절레절레 흔들었다.

"왜 그냥 보내셨어요? 제대로 혼내 줄 수 있었을 텐데."

"여기는 식당이니까요. 맘 편하게 식사들 하셔야 하는데 이런 꼴을 보여 드려서……."

"하하하, 아닙니다. 대부분 마음에 들어 하는 눈치신데요?"

대부분의 사람들은 엄지 척 하고 손을 들어 보이고는 다시 밥을 먹기 시작했다.

"그래도요, 식당 운영하는 놈이 구설수 타 봐야 좋을 것도 없고요, 싸움이 길어지면 다른 손님들도 못 오지 않겠습니까?"

"그건 그렇지요."

"그럴 때는 그냥 쫓아보내는 게 제일 좋습니다."

그는 손님들을 위해서 쫓아낸 모양이었다.

"하지만 덕분에 속은 시원했습니다. 오늘은 공짜로 드리지요."

"아닙니다. 거지들 때문에 고생하셨는데 공짜로 먹을 수는 없지요."

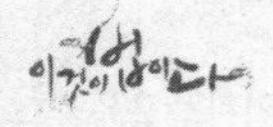

송정한은 미소를 지으면서 카드를 내밀었고, 주인은 웃으면서 카드를 결제했다.

"왜 그래?"

그렇게 모든 게 좋게 끝난다고 생각하는 시점이었지만, 노형진은 왠지 걱정된다는 듯 입을 쩝쩝 다실 뿐이었다.

"아니, 아까 그놈들, 그냥은 물러나지 않을 것 같아서."

"응?"

"원래 저런 놈들은 밟으려면 확실하게 밟아야 하거든."

그런데 이런 일을 당하고 현장에서 도망간 놈들이 자신의 죄를 뉘우치는 경우는 드물다.

"파워 블로거라……."

노형진은 그들을 생각하면서 왠지 모를 씁쓸함에 입맛을 다실 수밖에 없었다.

⚖

며칠 뒤. 손채림은 일하고 있는 노형진을 찾아왔다.

"바빠?"

"뭐, 바쁘다면 바쁘지. 어쩐 일이야?"

"아니, 네가 전에 말한 거 있잖아."

"전에 말한 거라고 하면?"

"그 인간들, 파워 블로거지?"

"아, 그 새끼들? 왜?"

"결국 사고 친 것 같아."

그러면서 내민 손채림의 핸드폰에는 예의 그 '파워 블로거'의 블로그가 떠 있었다.

"헐."

아니나 다를까, 거기에는 해당 식당이 음식도 맛없고 불친절하며 심지어 음식까지 재활용한다고 되어 있었다.

쉽게 말해서, 나쁘게 쓸 수 있는 말은 다 쓰여 있었다.

"이 새끼 미쳤네."

노형진은 그 블로그를 명확하게 기억하고 있었다.

그 때문에 이게 그들의 블로그라는 것을 알아보는 것은 어려운 일이 아니었다.

"파워 블로거지들이 요즘 시끄럽더니 이 새끼도 이러네."

"그러게."

처음에는 단순히 추천을 받아서 좋은 정보를 공유하기 위해서 시작된 제도인 파워 블로거는 어느 사이엔가 권력화되고 사유화되고 있었다.

그들은 자신들이 파워 블로거인 점을 이용해서 주변을 압박하고 돈을 벌 궁리를 하기 시작한 것이다.

"애초에 그들이 파워 블로거가 된 것은 다른 곳에서 얻지 못하는 좋은 정보를 줄 수 있기 때문인데 말이지."

누구나 다 줄 수 있는 정보가 아니라 남과 다른, 확실하게 도움이 되는 정보를 얻을 수 있기 때문에 그들의 블로그를 가는 것이지, 그들을 신봉하거나 추앙해서 가는 게 아니다.

하지만 그들은 그렇게 생각하지 않는다는 것이 문제였다.

"어떻게 할 거야? 그냥 둬?"

"글쎄, 우리가 선택할 건 아닌데."

"그런가?"

"너도 현장에서 봤잖아."

"그건 그렇지."

현장의 가게에는 사람이 많았다.

젊은 세대의 사람들보다는, 나이가 좀 있는 사람들이 주 손님층이었다.

그럴 수밖에 없는 게, 가게 자체가 오래된 곳이어서 오래 전부터 다닌 장년층이 많은 데다가, 안 그래도 손님이 많아서 대기 손님이 있는데 홍보하면서 대기만 늘릴 수는 없기 때문이다.

대기자가 있는데 손님이 더 온다는 것은 장사가 잘된다는 것이 아니라 먹지도 못하고 간다는 소리이고 그런 가게를 좋아하는 사람은 없으니, 결국 적당히 포기하는 것이 훨씬 이득이다.

"거기에다가 이 거지새끼들이 한 말도 그다지 효과가 있을 것 같지는 않고."

"그건 그렇지?"

인터넷에서 같은 가게의 평가를 찾아보면 그 파워 블로거의 평과 다르게 맛있고 친절하다는 글이 가득하다.

그곳을 갈 때 그의 글만 보고 판단할 사람은 없으니 결국 그다지 타격은 없을 것으로 보이지만…….

"그래도 한 번은 물어봐야지."

노형진은 어깨를 으쓱하면서 말했다.

"허."

주인장인 차민성은 블로거의 글을 보면서 어이가 없다는 듯 혀를 끌끌 찼다.

"결국 올렸군요."

"네. 혹시 차이점 있었나요?"

"전혀요."

"역시나."

그들의 소원과 다르게 영업에 그다지 방해가 되지는 않았던 모양이다.

하긴 이미 맛을 보고 마음에 들어 하는 단골만 대상으로 장사해도 자리가 없어서 난리이니 타격이 있을 리 없다.

"가게 확장을 할 생각도 없으신가요? 그렇게 되면 영업에 지장이 될 수도 있습니다."

"아직은요. 가게를 확장하게 되면 필연적으로 맛이 바뀌거든요."

"그런가요?"

"네. 부대찌개의 핵심은 양념장인데, 그걸 감당하기 힘들어서요."

부대찌개에 들어가는 주요 재료는 다 똑같다.

다만 장이 그 맛을 가르는데, 그의 말에 따르면 그 장에 들어가는 고추장을 직접 자신들이 담근다고 했다.

"지금도 가까스로 대고 있는데 확장하면 답이 없어서요."

"그렇군요."

"하지만 그 녀석들을 그냥 두고 싶지 않네요."

"네?"

"저는 괜찮은데, 주변에서 고생이 심하거든요. 저 스스로도 상당히 화가 나고요."

"주변?"

"네. 아까 말씀드렸다시피 저희 집은 엄청나게 장사가 잘됩니다. 그래서 주변에 다른 집들도 있구요."

"아아."

노형진은 이해가 간다는 얼굴이 되었다.

어떤 집의 장사가 엄청나게 잘되는 경우, 필연적으로 그 주변에 동일한 업종의 가게들이 생길 수밖에 없다.

넘쳐 나는 손님들 중 바쁜 사람들은 그곳에서 먹을 수가 없으니 주변에서 먹게 되는데, 대부분 정해진 음식을 먹으려 해서 단골화되기 때문이다.

그러다 보면 그 주위 가게들이 경쟁을 하면서 맛집이 모인 골목으로 발전해 자연스럽게 관광지화된다.

닭갈비 골목이니 통닭 골목이니 갈치조림 골목이니 하는 것들이 그렇게 해서 생겨나는 것이다.

"주변에서 피해 보는 곳들이 있다고 하더군요."

"하긴."

노형진은 고개를 끄덕거렸다.

이미 자리를 완전히 잡아서 더 이상 걱정하지 않아도 되는 차민성과 다르게 그런 가게들은 이러한 파워 블로거지들의 공격이 위험할 수밖에 없다.

주변에 손님이 갈 만한 대체 업소들이 가득하니 말이다.

"그리고 제 40년이 이딴 식으로 취급받는 게 싫습니다."

20대에 시작해서 오로지 부대찌개 하나만 맛있게 만들려고 노력해 왔던 차민성은 자신의 역사가 그런 식으로 부정당하는 것이 싫었던 것이다.

"고작 부대찌개라고 할지 모르지만, 저희는 역사가 있는 집입니다. 그 역사가 그대로 담겨 있는 맛이구요."

"이해합니다. 저도 가게에서 보고 확실하게 알았지요."

맛이라는 것은 시대에 따라서 변하기 마련이다.

10년 전 유행했던 것이 지금 유행에는 전혀 통하지 않을

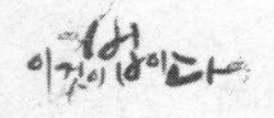

수도 있다.

“시대별로 다 다르게 메뉴를 구성하셨더군요.”

“추구하는 맛이 다르니까요.”

그는 맛집의 이름을 그냥 얻은 게 아니다.

70년대부터 시작해서 80년대, 90년대 등 연대별로 메뉴를 따로 준비했다.

오로지 부대찌개뿐이었지만 나이별, 연령별로 원하는 맛이 다르기 때문이다.

가령 지금의 부대찌개는 치즈가 들어간 부드러움을 선호하는 반면, 70년대 것에는 치즈가 없다. 그때는 김치찌개에 가까운 맛을 선호했던 것이다.

“단순히 찌개에 뭘 넣고 말고의 차이가 아닙니다.”

들어가는 장이 다르고, 그 장은 다 따로 만들어야 한다.

그리고 그게 그가 가게를 확장하지 못하는 가장 큰 이유였다.

한 가지 장으로 통일하면 생산량이 늘겠지만 다른 시대의 맛은 사라져야 한다.

당연히 그걸 먹고자 오던 사람들은 발을 끊을 테니, 손님이 줄어들 수밖에 없다.

그렇다고 과거의 장맛만을 추구하면 새로운 시대의 젊은 손님은 오지 않게 되고, 가게는 오래되어 낡은 이미지만 남게 된다.

“그렇게 40년을 고생했습니다. 어떤 때는 실험을 한답시고 몇 달 내내 찌개만 끓여 먹어서, 부대찌개 장사하는 놈이 지겨워서 먹기 힘들어진 때도 있었지요."

그렇게 만들어 낸, 자신의 자부심이 깃들어 있는 음식을 놓고, 자신의 인생의 반도 안 살아 본 놈이 돈 안 준다고 헛소리한다는 것이 영 마음에 들지 않았다.

"돈요? 벌 만큼 벌었고 이제 슬슬 자식에게 넘겨줄 생각하고 있습니다."

"자녀분은 가게를 늘리자는 말 안 하던가요?"

"아직은 안 하지만……."

차민성은 잠깐 입을 다물었다. 그리고 천천히 입을 열었다.

"자식을 위해서라도 가게를 늘리는 걸 생각해 봐야겠군요."

"그런가요?"

"지금까지 생각해 본 적은 없지만……."

나이를 먹은 자신과 다르게 자식은 꿈이 있을 것이다.

가게를 늘리는 것이 꿈일 수도 있고, 체인점을 만드는 것이 꿈일 수도 있다.

어느 쪽이든 장의 수요는 더 늘어날 것이다.

"설사 가게를 늘리지 않으신다고 해도 장의 수요는 늘어날 테니까요."

"그렇겠지요."

자신이 꾸려 온 40년의 장사 인생, 그리고 자신의 자녀가 넘겨받아 꾸려 갈 40년의 장사 인생.

거기서 나오는 장맛은 또 다를 테고, 또 추가로 만들어야 할 것이다.

"제 꿈은 삼대를 가는 100년의 식당을 하는 겁니다. 누군가는 부대찌개를 국적도 없는 잡탕이라고 하지만, 뭐든 안 그렇습니까? 결국 자리 잡고 시간이 지나면 한국의 맛이라고 불리겠지요."

그 말에 노형진은 고개를 끄덕거렸다.

그의 꿈은 좋다.

일본은 몇백 년씩 가업을 이어 가는 식당들이 있다. 그런 곳이 있고 과거의 맛을 볼 수 있다면 그게 나쁜 건 아니다.

하지만 그러기 위해서는, 일단은 확실하게 문제를 해결해야 한다.

"그러기 위해서는 이런 문제는 확실하게 선을 그어야 합니다. 대를 이어 간다는 것은, 맛도 중요하지만 주변의 평도 중요하니까요."

물론 시간이 지나면 이런 말도 안 되는 글은 신경도 쓰지 않게 될 것이다.

하지만 가게가 점점 커질수록, 그리고 유명해질수록 파리는 꼬이기 마련이다.

"맞습니다. 그러니 이 사건을 의뢰하도록 하겠습니다. 확실하게 본을 보여 놔야 미래에 덤비는 놈이 없겠지요."

차민성은 마음을 강하게 먹었다.

당장 자신에게 영향을 줄 수는 없지만 자식을 위해서라도, 그리고 주변의 상인들을 위해서라도 이런 쓰레기 같은 파리들이 꼬이는 것을 막아야 한다.

"알겠습니다."

노형진은 고개를 끄덕거렸다.

"맛있는 집이 사라지는 걸 그냥 두고 볼 수는 없지요. 직장인의 즐거움은 역시 먹는 것 아니겠습니까? 하하하."

그 가치를 모르는 거지새끼들에게, 노형진은 가치를 가르쳐 주리라 마음먹었다.

일단 가장 먼저 해야 하는 것은 피해자들을 찾는 것이었다.

차민성은 주변의 상인들 역시 그런 자들에게 고통받는다는 걸 안다면서 그들을 도와 달라고 한 것이다.

주변 집들을 찾아보자 생각보다 그런 집들이 많았다.

"아무래도 경쟁이니까요."

차민성의 집 근처에 있는 다른 부대찌개집의 사장들은 한숨을 쉬면서 말했다.

"그런가요?"

"차 씨네 집이야 워낙 유명하고 또 맛집이니까 이런 일에 타격 안 입는 거지, 우리 같은 소상공인들은 안 그래요."

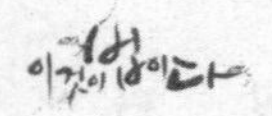

"여기도 맛난데요?"

"경쟁이라니까요."

확실히 주변에 흔한 체인점들보다는 훨씬 뛰어난 맛을 자랑한다.

"이쪽 동네 오는 사람들은 다 부대찌개 먹으러 오는 건데 맛없어 봐요."

소문이 나는 것은 순식간이다.

처음에는 그냥 떨어지는 콩고물 주워 먹는 것처럼 들어가지 못하는 손님이나 받자고 시작한 장사지만, 손님들이 많아지고 가게가 많아지면서 맛이 없으면 손님들이 아예 오지도 않기 때문에 맛을 따지게 되니 결국 전체적인 맛의 향상이라는 결과로 이어질 수밖에 없다.

"차 씨네처럼 직접 장은 못 담그지만 그래도 양념 배율 같은 건 우리도 열심히 연구하는데……."

"그런데요?"

"우리는 차 씨네가 아니라는 게 문제죠. 아니, 애초에 이 골목 구조 자체가 그런 상황이니까."

가장 유명한 가게는 다름 아닌 차 씨네의 부대찌개집이다.

그리고 대부분의 가게는 거기에 가지 못한 손님들이 들어오면서 손님을 받고 맛을 알리기 시작한다.

"그런데 블로그에 안 좋은 게 떠 봐요."

"아하!"

손채림은 그 상인이 걱정하는 게 뭔지 알 것 같았다.

가장 핵심인 차 씨네 부대찌개에 가지 못한다면 사람들은 남은 곳 중에서 개중 나은 곳을 찾으려고 할 것이다.

그런데 맛집이라는 말은 많고 홍보도 많다.

“그럴 때는 안 좋은 소리가 있는 곳은 가장 먼저 거르겠군요.”

“그러니까요. 전에 있던 장 씨네가 그렇게 나갔다니까요.”

“장 씨네라고 하면?”

“여기서 한 4년 장사하던 사람이에요.”

그도 평균은 넘는 맛을 가지고 있었다고 한다.

그런데 파워 블로거인지 뭔지가 와서는, 돈을 주면 광고를 해 준다고 했다고 한다.

“장 씨는 성격상 그걸 받아들일 사람이 아니었거든.”

더군다나 그들이 요구한 것이 적은 돈이 아니었다.

매주 20만 원.

“그 후에 그 거지새끼가 온갖 악평을 써 대기 시작한 거예요.”

그랬더니 사람들이 여기 올 때 가장 먼저 걸러 내기 시작한 것이 그의 집이 되었고, 결국 그는 장사를 접고 떠날 수밖에 없었다.

“그런 일이 있었나요?”

“그 이후에는 어쩔 수 없이 그들에게 끌려다닌 거죠.”

어깨를 으쓱하는 주인.

“그러면 달라는 돈이 적지 않은가 봐요?”

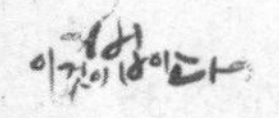

“온갖 파리 새끼들이 다 오니까.”

그나마 와서 먹고 파워 블로거라며 돈 안 내고 가는 놈은 양심적인 편이다. 홍보를 빌미로 돈을 뜯어내는 녀석들도 적지 않기 때문이다.

“대룡 같은 거대 기업에는 그들이 상대가 안 되지만, 규모가 작은 중소기업의 입장에서는 위협이 안 될 수가 없지요.”

다들 고개를 끄덕거렸다.

“그러면 그 이후에 어떻게 대항하려고 한 적은 없어요?”

손채림은 고개를 갸웃했다.

그런 녀석이라면 대항했어야 정상이 아닌가?

“한두 놈이어야지요.”

파워 블로거지들은 한두 놈이 아니다.

거기에다가 한 명이 망해서 나가는 걸 봤으니 도무지 대항할 자신이 없었던 것이다.

“한두 놈이 아니라고요?”

“네.”

“이상한데요.”

손채림은 그 말을 듣고 고개를 갸웃했다.

“왜 이상해?”

노형진은 손채림을 바라보았다.

그 역시 파워 블로거에 대해 알긴 하지만 손채림보다는 잘 알지 못하는 데다, 그가 아는 것은 그들이 거지 노릇을 한다는 정도이기 때문이다.

"개나 소나 파워 블로거는 아니거든."

"응?"

"사람들이 잘못 생각하는 게 있는데, 파워 블로거는 인터넷에서 유명한 사람을 뜻하는 말이 아니야."

"그러면?"

"특정 인터넷 회사에서 정해 주는 거야."

"정해 준다고?"

"그래. 매년 백 명밖에 안 뽑아."

"그래?"

생각보다 많지 않은 숫자다.

"물론 쌓이고 쌓여서 많아질 수도 있지만……."

어찌 되었건 한때 파워 블로거였으니 다음 해에 뽑히지 못해도 주장할 수는 있다.

다른 인터넷 기업도 비슷한 걸 뽑기는 하니 그곳에서 뽑힌 사람들도 파워 블로거라고 주장하면 숫자가 늘어나기는 하지만, 그렇다고 해도 아무리 많아 봐야 1천 명이 안 되는 숫자다.

"그들 중 다수가 와서 그렇게 돈을 뜯을 리 없잖아?"

물론 모든 사람들이 깨끗할 수는 없다. 반대로 모든 사람들이 다 더러울 수도 없다.

더군다나 더러운 사람들이 여기까지 와서 뜯어내려고 할

수도 없다.

인터넷이라는 것은 전국에서 모여 있는 공간이고, 그 모든 사람들이 여기를 노릴 수는 없기 때문이다.

물론 전부가 온 건 아니지만 몇 명이나 왔다는 걸 생각하면…….

"사칭 아닐까?"

"사칭?"

"그래. 일반적으로 블로그에 보면 개인 정보는 거의 드러내지 않거든."

"그런가?"

"그래. 생각해 봐, 파워 블로거쯤 되면 그 블로그를 그걸 보는 사람이 최하 수만에서 수십만 단위야. 그런 곳에 자기 개인 정보를 올리고 싶겠어?"

노형진은 손채림의 말에 이해가 간다는 듯 고개를 끄덕거렸다.

당연히 그런 사람은 없을 테고, 누군가 블로그를 보고 특정한다는 것은 쉽지 않다.

"가끔 실제로 그런 사건이 벌어지기도 했거든."

"사칭이라……."

하긴 블로그에 개인 정보를 표시할 수는 없으니 사칭을 하는 놈들도 있을 수 있다.

"네? 하지만……."

주인은 사칭이 아니라고 생각했다. 이미 한 곳이 망하는 것을 봤기 때문이다.

"물론 그 사람은 사칭이 아니었겠지요."

그러나 이곳에 와서 공짜로 먹거나 돈을 요구한 놈들을 생각하면, 사칭한 놈들이 많을 가능성도 있다.

"일단 사칭 쪽도 좀 알아봐야겠네."

만일 사칭이라면 그것도 그냥 둘 수는 없는 노릇이기 때문에, 노형진은 그 부분도 확실하게 짚고 넘어가기로 했다.

"에?"

사칭이라고 한다면, 그걸 추적하는 것은 어렵지 않았다.

그 블로그를 한다고 한 사람이 준 전화번호로 연락하는 것도 방법이지만, 그랬다가는 자신들이 조사한다는 걸 알려 주는 것이기 때문에 직접 파워 블로거에게 연락한 것이다.

그리고 연락해서 만난 파워 블로거는 한숨부터 쉬었다.

"또 당한 거네요."

"또라고 하신다면?"

"벌써 몇 번째인지 모르겠습니다. 아니, 애초에 전 음식은 취급도 안 하는데요."

그는 부동산과 리모델링 쪽 파워 블로거라, 음식 쪽에는 그다지 관심이 없었다.

그런데 자신을 사칭하는 녀석들이 돌아다니면서 뜯어먹기 시작하면서, 죽을 맛이라고 했다.

"그 새끼들 때문에 고발만 몇 번을 당했는데요."

"고발요?"

"네."

파워 블로거라고 주장하면서 돈을 요구하는 행동은 명백하게 갈취에 해당한다.

그나마 무시하면 다행인데, 진짜로 화가 난 몇몇 주인들이 직접적으로 그를 고발한 것.

"그런데 정작 경찰서에 가면 내가 아니거든요."

자기는 경찰에 자꾸 불려 가고, 현장에 가서 주인을 만나면 그쪽은 이 사람이 아니라고 하고, 그 사이에 거지새끼들은 계속 도망가는 것이다.

"번호가 있지 않습니까?"

그가 이렇게 학을 떼는 것을 보니 한두 번 당한 일이 아닌 듯했다.

"전화번호요? 있기는 하지요. 하지만 그거 대포폰이에요. 저라고 그 새끼들 사칭으로 고소 안 해 봤겠습니까?"

하지만 대포폰이라서 그들을 추적하는 데에는 한계가 있었다.

경찰들이 수사를 제대로 해서 잡아 주면 좋겠지만 일단 피해액이 거의 없거나 아주 작은 수준이다 보니 제대로 수사를 진행하지 않았고, 그 때문에 욕은 자신이 먹고 있었다.

"저뿐만이 아니에요. 요즘 파워 블로거지라고 욕 처먹고 있어서 아주 잠을 못 잘 지경입니다."

"본인만이 아니라면……?"

"아무래도 파워 블로거들은 서로 연락하기 마련이거든요."

물론 서로 다른 주제로 서로 다르게 시작한 일이니 처음부터 아는 것은 아니었다.

하지만 인터넷 회사에서 1년에 한 번 행사를 잡아 주고 만남을 주선하니 서로 만나서 이야기하게 되고, 그러다 보니 서로 고충도 털어놓고 그러게 된다는 것.

"그런데 이런 꼴을 당한 사람이 저만은 아니더라고요."

"그래요?"

"그나마 전 덜한 편이라니까요."

주 전공이 건축과 리모델링이라 그나마 덜한 것이고, 맛집이나 식당, 또는 음식 같은 걸로 블로그에 포스팅하는 사람들은 하루에도 몇 번씩 사칭 이야기를 듣는다고 한다.

"그래서 몇몇은 그만둘까 고민 중이고요."

그는 한숨을 쉬면서 말했다.

"애초에 우리가 왜 블로그를 시작했는데."

"하지만 진짜 파워 블로거 중에도 거지새끼들이 있지 않나요?"

"당연히 있지요. 하지만 그런 애들은 오래 못 버텨요."

일단 관련 사실이 드러나면 회사에서 파워 블로거 자격을 박탈해 버린다.

"그게 끝?"

"그게 끝이지요. 파워 블로거라는 게 무슨 공무원도 아니고, 회사에서 무슨 힘이 있어서 그를 막겠습니까?"

삭제하자니 저작권에 걸리고, 그렇다고 그를 고발하자니 자격이 있는 것도 아니다.

"우리도 억울해요. 무식한 파워 블로거들이 얼마나 많은데요. 그놈들 때문에 우리도 블로거지라고 불린다니까요. 얼마 전에는 진짜, 와, 뭔 병신 같은 아줌마들 때문에……."

"네?"

"무슨 오존인지 뭔지 지랄을 해서."

"아하!"

"아십니까?"

"뭐, 알죠."

"그래서 우리가 욕을 먹었다니까요. 우리는 한 것도 없는데."

이게 무슨 사건이냐면 어떤 블로거가 회사와 제휴해서 오존 발생기라는 걸 판 사건이었다.

그걸 틀어 두면 아이들 심폐에도 좋고 발달에도 좋으며 오존이 들어 있는 과일로 씻으면 잔류 농약도 모두 없앨 수 있다고 극찬하면서 공동 구매를 했는데, 알고 보니 그 사실은 모두 가짜였고 파워 블로거라는 자리를 이용해서 회사로부터 2억을 받고 홍보를 해 줌과 동시에 판매를 한 것이었다.

"그 병신 같은 일 때문에 우리가 얼마나 곤혹스러웠는지……."

"하긴, 제법 유명한 일이지요."

"제법이 아닙니다. 아주 그냥 몇 년 치 욕을 한꺼번에 다 먹은 기분이에요."

그럴 수밖에 없는 게, 오존이라는 것은 인간에게 좋은 게 아니다.

물론 오존이 위험한 태양 광선을 막아 주는 천연 방어막이어서 지구의 환경에 좋은 영향을 주고, 전 세계적으로 오존층에 구멍이 나면서 여러 가지 문제가 생기는 것도 사실이기는 하다.

하지만 그건 어디까지나 인간과 직접 닿지 않는, 아주 높은 곳에 있는 오존층의 이야기일 뿐이다.

"오존 발생기라니, 미친 거 아닙니까?"

그가 격앙된 이야기를 할 수밖에 없는 게, 오존층이 지구와 인간에게 필수적이기는 하지만 정작 오존 자체는 인간에게 좋은 영향을 주지 못하기 때문이다.

정확하게 말하면 오존은 인간에게는 독과 같다.

강력한 것은 아니지만. 몸을 천천히 병들게 하는 것이다.

그 당시 그 파워 블로거는 회사로부터 무려 2억 5천만 원이나 받았다.

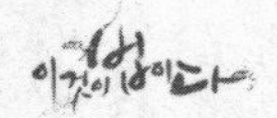

파워 블로거가 돈을 받고 독극물을 판 일이라 상당히 시끄러웠던 것도 사실이다.

"진짜 미꾸라지 몇 마리가 하천을 흐린다더니."

그런 식으로 돈을 뜯어먹는 놈들부터 사칭하는 놈들까지, 그들은 여러 가지 이유로 죽을 맛이었다.

"그걸 막을 방법은 없나요?"

"무슨 수로요? 우리 신상을 만천하에 까발릴 수는 없지 않습니까?"

가장 좋은 방법은 그들의 얼굴을 블로그에 올려 버리는 것이다. 그러면 비교해서 사칭인 걸 알 테니까.

"물론 몇몇은 그런 방법을 써 보기도 했지요. 하지만 득보다 실이 더 많더군요."

"득보다 실이 더 많다?"

"네."

사칭을 하는 놈은 얼굴을 올리지 않은 다른 블로거를 사칭하면 그만이다.

하지만 정작 자신의 얼굴을 올린 사람들은 주변에서 슬며시 달라붙어서 죽을 맛이었다고 한다.

"그 사람들, 파워 블로거라고 하면 돈을 엄청나게 많이 버는 줄 안다니까요."

물론 인기가 힘인 현대사회에서 그럴 수도 있다.

하지만 그건 어디까지나 그들이 양심을 버리고 기업과 결탁할 때의 이야기지, 양심적으로 자신이 원하는 이야기를 하는 사람들은 돈을 벌 이유가 없다.

"주변에서 도와 달라고 매달려서, 결국 포기했다고 하더군요."

"음……."

물론 피해자들이 회사에 전화하거나 해서 확인하는 것도 방법이기는 한데…….

"전화번호가 없잖아요?"

"내 말이요!"

인터넷 기업은 사용 인원이 너무 많다.

그렇다 보니 그걸 전화 상담을 하기 시작하면 도무지 감당되지 않기 때문에 이메일이나 홈페이지를 통한 답신이 기본이지, 전화 상담이 기본이 아니다.

문제는 그렇게 하는 경우 시간이 오래 걸린다는 것이다.

당장 눈앞에서 자기가 파워 블로거라고 주장하는 사람이 진짜인지 확인할 수가 없는 탓이다.

"흠……."

노형진은 곰곰이 생각했다.

그때 머릿속에서 문득 좋은 생각이 스치고 지나갔다.

'몇십만이라고?'

파워 블로거가 힘이 있는 이유는 그들의 글을 보는 사람이 많기 때문이다.

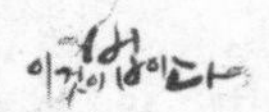

아무리 적어도 수십만 단위이고, 많으면 몇백만 단위다. 그렇다면…….

"우리가 그 일을 대신 해 주는 건 어떨까요?"

"뭘요?"

"우리가 그 검증을 대신 해 드리겠습니다."

"검증이라고 하시면……?"

"블로그에 신분 확인을 하고 싶으면 저희 쪽으로 연락을 하라고 하는 거죠."

"새론에요?"

"네."

"그런다고 뭐가 달라지는데요? 어차피 우리 개인 정보가 드러나는 건 마찬가지인데."

"다르죠."

"다르다고요?"

"네."

개인 정보를 가지고 있는 것은 새론이다. 보통은 그걸 보여 주면서 확인하게 되어 있다.

하지만 이 경우는 전화를 통해서 상대방을 확인하게 된다.

"우리는 여러분의 개인 정보를 공개하지 않습니다. 하지만 상대방의 개인 정보를 요구하겠지요."

"아하!"

이메일이나 질의응답 시스템과 다르게 전화는 즉효성이다.

전화해서, 이 사람이 본인이 맞는지 확인하면 되는 것이다.

"그러니까 그쪽에서 자신의 신분을 드러내야 하지요."

그렇게 한다면 당연하게도 상대방은 거짓말을 못 하게 된다.

일단 통화만 하면 가짜인지 진짜인지 확인할 수 있으니까.

"만일 내 개인 정보를 알고 있다면?"

"그러면 우리만 아는 비밀 질문을 만드는 겁니다. 다섯 개 정도 말입니다. 그 질문에 대한 답은 본인만 알겠지요."

"네? 하지만 귀찮을 것 같은데……."

노형진은 피식 웃었다.

귀찮을 리 없지 않은가?

"본인이 그 질문에 대한 답을 할 일이 있을까요?"

"네?"

"그렇지 않습니까? 본인이 그 질문에 답을 한다는 건, 본인이 어디에 가서 파워 블로거지 노릇을 한다는 뜻인데요?"

"아하!"

자신의 이름을 자신이 평생 부를 일이 없는 것처럼, 자신이 정한 질문은 자신이 답할 이유가 없다.

만일 자신이 새론에 전화해서 뭔가를 물어볼 일이 있다면 새론에 등록된 자신의 핸드폰으로 하면 되는 거지, 업체의 전화번호나 다른 핸드폰으로 할 이유가 없으니까.

결국 질문을 한다는 것 자체가 본인이 아니라는 다른 증거가 되는 셈이다.

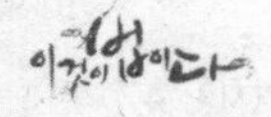

"그렇게 되면 바로 사칭범을 잡을 수 있습니다."

"사칭범을 잡는다고요?"

"네."

안 그래도 사칭범을 잡을 수 있는 방법이 없어서 고민하던 블로거는 반색하며 좋아했다.

"저희 쪽에서도 그다지 어려운 일은 아니지요."

처음에는 전화가 자주 올지도 모른다.

하지만 이런 게 소문이 나면 과연 하루에 한 번이나 올까? 아마도 그 정도도 되지 않을 것이다.

"그렇다면 좋지요."

"다만."

"다만이라고 하시면? 설마 돈을 달라고 하시는 건가요?"

그는 얼굴을 찌푸렸다.

"아니요. 그럴 리가요. 좋아서 하시는 분들이라면서요. 돈 들어올 곳도 없으실 텐데요."

"그렇지요."

"대신에 광고란 하나만 만들어 주시면 됩니다."

"광고는 좀……."

자기네 광고를 올려 달라고 계속 기업들에서 연락이 온다. 그렇지만 절대로 안 들어줬다.

그런데 아무리 신분 확인을 해 준다고 해도, 광고라니?

"사실 광고라고 하기도 애매하지요. 뮤직비디오 하나 올려 주는 곳이라고 하면 되지요."

"뮤직비디오요?"

"네."

"흠……."

그는 잠깐 고민했다.

확실히 광고는 아니다. 다른 사람도 보고 즐길 수 있는 콘텐츠고 자신이 돈을 받고 올려 주는 것도 아니니, 인터넷 기업에서 정한 비상업성이라는 조건에도 맞는다.

"어렵지는 않을 것 같네요. 뭐, 매일 관리하고 그런 건 아니죠?"

"아니요. 그런 건 아닙니다."

그냥 자기들이 관리하고 있는 가수들의 뮤비를 한 달에 두 편 정도 올리는 거다.

어려운 일도 아니고, 이도 저도 힘들면 그냥 링크만 걸어도 된다.

"전 하겠습니다, 안 그래도 경찰에서 연락 오는 게 지긋지긋해서. 다른 사람에게도 연락해 봐야겠네요."

"그래 주시면 감사하지요."

노형진은 눈을 반짝거렸다.

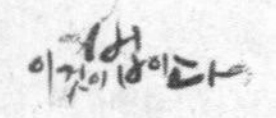

# 명예의 가치

"하여간 머리는 좋아요."

손채림은 계약한 사람들의 연락처를 정리하면서 질렸다는 듯 말했다.

신분 확인 의사를 밝힌 파워 블로거는 총 쉰네 명이었다.

그들은 대부분 남이 사칭하는 바람에 엉뚱하게 고발당해서 경찰에서 갔다 온 게 최소 다섯 번은 되는 사람들이었고, 사칭범이 잡히면 끝장을 보겠다고 이를 박박 갈고 있었다.

"우리야 손해 보는 게 없지."

어차피 이런 전화는 얼마 오지 않는다.

파워 블로거 역시 사칭이 의심되면 이곳으로 연락하라는 공지 하나만으로 모든 문제가 해결되었다.

그리고 몇십만짜리 광고 아닌 광고를 올리게 된 노형진도 손해 본 것은 없다.

단순 뮤직비디오지만 수십만이 보는 곳에 올린다는 것은 가수들에게 어마어마한 힘이 될 것이다.

모든 것이 다 윈윈인 것이다.

"한 가지만 빼고 말이지. 진짜 거지새끼들은 어떻게 할 거야?"

"글쎄. 그걸 어떻게 해서든 찾아봐야 하는데."

사칭범들이야 이제 빼도 박도 못하고 잡혀 올 수밖에 없다.

아직 신청하지 않은 사람들도 다수 있기는 하지만, 점차 소문이 나면 신청을 안 할 수가 없을 것이다.

"하지만 진짜 블로거지 새끼들은 신청을 할 리 없단 말이지."

사칭이 아니라 진짜 파워 블로거지들.

그들은 신청할 리도 없을뿐더러, 멈추지도 않을 것이다.

"자격을 박탈한다고 해서 그 사람의 블로그를 보는 사람들이 어디 가는 게 아니니까 의미도 없고."

"난 다르게 생각해."

"응?"

"도리어 사람들이 봐야 한다고 생각하거든. 그러니까 블로그의 사람들이 빠지면 문제가 있다고 봐."

"봐야 한다고?"

"그래. 형사적으로는 사실 답이 없잖아?"

"그건 그렇지."

돈을 달라고 하면 갈취라고 할 수도 있다. 만일 기업과 짜고 물건을 팔면 방문판매법 위반이다.

그렇지만 돈을 달라고 하는 게 아니라 그냥 공짜로 달라고 한 거라면, 갈취로 보기 애매하다.

그 경우는 무전취식에 들어가는데, 그걸 확정하기 위해서는 경찰이 와야 한다.

하지만 경찰이 오면 당연히 돈을 낼 테고 무전취식은 성립되지 않는다.

"그러니 이런 경우는 형사적으로 애매하거든."

"그런데?"

"그런데 말이야, 만일 형사가 아니라 민사로 처벌한다면?"

"민사로 처벌하는 게 무슨 의미가 있는데? 기껏해야 음식값 정도만 나오겠지."

기본적으로 이득을 보려고 하는 게 음식값 정도이니 아무리 비싸 봐야 10만 원대일 테고, 아무리 뻥튀기를 한다고 해도 수십만 원을 넘지는 않을 것이다.

그에 반해서 그 블로그에 그 가게에 대해서 악평을 해 놓으면 그 가게에서 입는 손해는 터무니없이 많을 것이다.

"문제는, 이러한 평인 경우 단순히 범죄로 보기가 애매하잖아?"

"그렇지."

어떤 식당이 맛이 없다 또는 서비스가 불친절하다는 개인적인 의견은 명예훼손이나 허위 사실 유포에 들어가지 않는다.

물론 지속적으로 그리고 악의적으로 계속 올린다면 해당되겠지만, 파워 블로거들이 그걸 지속적으로 올리는 경우는 드물다.

한 번만 올려도 상당히 타격을 줄 수 있기 때문이다. 부족하다고 생각하면 두세 번만 올려도 식당의 입장에서는 타격이 크다.

물론 그 정도는 업무방해 같은 것에 들어가지도 않고 말이다.

"하지만 민사는 이야기가 좀 다를 수밖에 없어."

"하지만 민사는 해 봐야 배상이……."

"돈은 필요 없지."

"뭐? 돈이 필요 없다고?"

"그래. 민사는 돈만 받으려고 하는 게 아니잖아?"

노형진의 말에 손채림은 고개를 갸웃할 수밖에 없었다.

---

"사과문요?"

"네. 국민에 대한 사과문 같은 거 보신 적 있지요?"

가끔 그런 경우가 있다.

통신사나 방송국에서 하는 건데, 잘못을 하면 정부에서 강제로 사과를 시키는 것이다.

물론 강제로 사과한다고 잘못이 고쳐지는 것은 아니지만, 최소한 사람들에게 이들이 뭘 잘못했는지 알리는 역할을 한다.

"그러니 그걸 이용하는 겁니다."

"어떻게요? 저들은 방송국이 아니잖아요."

"그러니 민사를 해야지요. 여러분 중에 카운터에 보안 카메라 설치한 분들 많지요?"

"네."

모여 있는 부대찌개집 사장들 중 몇몇이 고개를 끄덕거렸다.

"그리고 촬영된 영상도 있고요."

"그렇지요."

요즘은 여기저기 CCTV를 많이 설치한다.

특히 식당의 경우에는 보안 등의 문제로 입구에 많이 설치하는데, 아무래도 나가는 사람에게서 계산을 하려고 하는 것이다 보니 계산대는 그곳에 있는 게 보통이다.

"하지만 그걸 이용해서 신고한 분은 없지요?"

"하려고 했지요. 그런데 그게, 배보다 배꼽인지라……."

고발을 하려고 해 봐야 무전취식 정도이고 그것도 그가 돈을 내면 끝이다. 그리고 자신의 블로그에 글을 올리면 그만이다.

그러면 식당의 입장에서는 배보다 배꼽이 클 수밖에 없게 된다.

"그걸 이용할 겁니다."

"이용한다니요? 고발하시려고요? 하지만 경찰은 별 도움이 안 될 거라고 하던데요."

"맞습니다. 형사적으로는 그렇지요."

무전취식은 가벼운 범죄이고, 나중에라도 돈을 냈다면 해당도 안 된다. 그렇다고 갈취로 보기도 애매하니, 결국 이쪽에서 할 수 있는 건 없다.

"하지만 민사라면요?"

"민사 손해배상 청구를 한다는 겁니까?"

노형진은 고개를 흔들었다.

다들 그렇게 생각한다.

물론 민사소송이 대부분 금전과 관련된 소송이기는 하다. 하지만 민사소송이 꼭 금전과 관련된 소송이 아니었다.

"민사소송이란 우리 쪽에서 뭐든 요구할 수 있습니다. 물론 자본주의국가이니 기본이 돈이기는 하지만, 사과문 정도는 요구할 수 있지요."

"사과문 하나 받아서 어쩌라고요?"

이미 그들이 안 좋은 소리를 해서 가게 하나가 망한 판이다.

"사과문을 받는 게 아니라 사과문을 공개하는 겁니다."

"사과문을 공개한다?"

"네."

노형진의 계획은 어줍지 않은 돈을 받아서 퉁치려고 하는 게 아니었다.

"파워 블로거의 힘은, 결국 국민들의 믿음이지요."

사람들이 그를 본다는 것은 그를 믿고 그가 쓰는 글을 좋아한다는 뜻이다.

"하지만 사과문을 그 블로그에 올린다면 어떨까요?"

"사과문을 블로그에?"

"네."

"아하!"

그들의 권력은 국민에서 나온다.

하지만 국민들에게 자신이 어떤 행동을 하고 있다는 것을 알리게 되면, 국민들은 그에게 실망하고 그를 버리게 될 것이다.

"그렇게 된다면 그의 파워 블로거로서의 생명은 끝나게 되는 거지요."

"오오!"

글을 연계하여 계속 사과문이 뜨도록 할 수만 있다면 당연히 그가 써 둔 악평에 대한 믿음도 사라질 테고 말이다.

'근본적으로 파워 블로거라고 주장하는 거지새끼들의 힘을 꺾어 버릴 수 있다.'

그렇다면 그들은 거지 노릇을 하고 싶어도 할 수가 없게 된다는 뜻이다.

"그런 게 가능한 거요?"

주인들은 어리둥절했다.

민사로 그런 걸 건다는 것은 들어 본 적이 없기 때문이다.

“가능합니다. 기본적으로 민사는 고정된 형태가 있긴 하지만 그렇다고 다른 것을 하지 말라는 법도 없거든요.”

형사는 고정된 형태의 처벌만 가능하다. 그래서 이러한 경우는 도무지 방법이 없다.

하지만 민사는 고정되지 않은 형태의 소송도 가능하고, 이런 식의 강제이행도 가능하다.

“하지만 하지 않으면?”

“그럴 때를 대비해서 강제이행금을 부과하면 됩니다.”

“강제이행금?”

“네.”

강제이행금은 뭔가를 해야 하는데 그걸 하지 않을 가능서이 높을 때, 그걸 행할 때까지 배상하는 제도를 말한다.

그들이 기업이 아닌 이상에야 적지 않은 강제이행금이 붙으면 거부할 방법이 없다.

“그러니 여러분들의 도움이 필요합니다. 혹시 녀석들을 찍을 수 있는 카메라가 있으면…….”

“나요!”

그러자 누군가 손을 들어 올렸다.

“우리 카메라가 있소! 우리 건 녹음도 된다오!”

한 명이 나서자 다들 잠깐 주저하는 듯하더니 너도나도 손을 들기 시작했다.

더 이상 뜯기고 싶지 않다는 생각이 들어서였다.
"나도 하겠소!"
"나도!"
노형진은 그들을 보면서 미소를 떠올렸다.

⚖

"음……."
판사는 곤혹스러운 얼굴이었다.
판사 생활 10년 동안 이런 소송은 또 처음이었다.
"원고 측, 원하는 게 배상이 아니라 사과문 맞습니까? 그것도 자신의 블로그에 공지할 것?"
"그렇습니다."
"그럼 다른 배상에 대해서는 포기하는 건가요?"
"그렇습니다."
"특이하군요."
확실히 특이한 사건이었다.
돈 대신에 반성문이라니.
"피고 측 변호인, 어떻게 생각하십니까? 사과할 생각이 있습니까?"
"아니요, 없습니다."
상대방 변호사는 확실하게 선을 그었다.

“저들이 하는 건 무리한 요구입니다.”

“어째서 그렇지요?”

“피고는 아무런 잘못도 하지 않았습니다. 다만 맛없는 집을 맛없다고 표현한 것뿐입니다. 대한민국은 표현의자유가 있는 나라입니다.”

변호사는 단호한 태도를 유지했다.

그의 얼굴에는 자부심이 가득했다. 마치 악에 대항해서 선을 지킨다는 듯한 그런 얼굴.

‘쯧쯧, 보아하니 속았구먼.’

노형진은 그런 그의 얼굴을 보면서 혀를 끌끌 찼다.

의뢰인이 변호사에게 자신이 유리하게 거짓말을 하는 것은 흔한 일이다.

아마도 블로거인 피고는 자신이 했던 짓은 쏙 빼고 맛없다고 평을 썼다는 이유로 소송에 걸렸다면서 온갖 거짓말을 했을 것이다.

‘그리고 저 사람은 표현의자유를 지키겠다고 당차게 나왔을 테고.’

이상하리만치 당당한 변호사의 얼굴을 보고 노형진은 상황을 쉽게 유추할 수 있었다.

“진짜로 그렇게 믿으십니까?”

노형진은 상대방 변호사를 보면서 말했다.

“변호사가 의뢰인을 믿지 않으면 누가 믿겠습니까?”

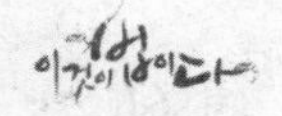

그는 호기롭게 말했다.

'그래, 나도 그렇게 생각한 적이 있었지.'

하지만 그건 어디까지나 초보의 착각이었다.

의뢰인은 그에게 거짓말을 했고, 그 때문에 숱하게 졌다.

사실을 말했다면 대비라도 했을 텐데, 이건 전혀 예상도 하지 못하고 허점을 찔렸기 때문에 대비도, 방어도 못 했다.

그렇게 몇 번이나 지고 나서야 알았다, 인간은 자신에게 유리한 것만 말하고 자신에게 불리한 것은 감춘다는 것을.

설사 상대가 자신을 지키는 변호사라고 해도 말이다.

'믿고 지는 것이냐, 아니면 믿지 않고 이기는 것이냐.'

궁극적으로 변호사의 업무는 믿어 주는 것이 아니라 이기는 것.

그래서 노형진은 일단 의뢰인의 말을 절대적으로 믿지는 않았다.

"그렇다면 이건 어떻게 설명하시겠습니까?"

노형진은 가볍게 잽을 날리는 기분으로 하나의 영상을 틀었다.

그건 카운터 앞에서 주인과 싸우는 피의자의 모습이었다.

"그래서요? 맛이 없다고 항의했던 것이라고 들었습니다. 음식이 맛이 없으면 바른말을 해야 그 음식점이 나아지지요."

"그래요? 하지만 경찰 기록은 다르던데요."

"다르다니요?"

"재판장님, 여기 경찰 출동 기록을 제출합니다."

"경찰 출동 기록?"

그건 생각도 못 해 본 카드였기 때문에 피고 측 변호사는 어리둥절했다.

경찰이 출동했었다는 이야기는 전혀 듣지 못했기 때문이다.

"여기 영상에 찍혀 있는 일시와 출동한 날짜를 보면 동일한 시간과 음식점임을 알 수 있습니다."

모든 경찰은 출동한 기록을 남기게 되어 있다. 그게 아무리 작은 사건이라고 해도 말이다.

그러니 그 기록을 찾으면 그곳에서 무슨 일이 있었는지 아는 것은 어렵지 않았다.

"이 기록에 따르면 그날 출동 사유는 음식점에서 발생한 무전취식입니다."

"맛이 없어서 내지 못하겠다고 했겠지요."

"그래요. 확신하십니까?"

"확신합니다."

"하지만 다음 순간에는 내는데요?"

경찰이 와서 몇 마디 하자 블로거는 거칠게 자신의 카드를 집어 던졌고, 주인은 그 카드로 결제를 했다.

그리고 블로거는 그걸 빼앗듯이 낚아채고는 바깥으로 나갔다.

"일단 무전취식이 맞으니, 마음에 안 들더라도 계산은 해야지요."

"그래요? 그러면 이에 대해서는 어떻게 답변하실 겁니까?"

"어떤……?"

노형진은 미리 준비한 녹음기를 버튼을 눌러서 재생시켰다.

낯선 두 사람의 목소리가 흘러나왔다.

—112 경찰입니다.

—여기 ○○식당인데요, 여기 돈을 안 내려고 하는 사람이 있어서요.

—돈을 안 낸다니요?

—자기가 무슨 파워 블로거인지 뭔지라고 하면서, 돈 안 받으면 글 좋게 써 주겠다고 하고 있어요.

—파워 블로거요?

—네.

노형진은 거기까지 들려주고 녹음기를 껐다. 그리고 상대방 변호사를 물끄러미 바라보았다.

"파워 블로거라서 돈 못 내겠다고 했다는데요?"

"그건……."

상대방 변호사의 눈동자는 상당히 떨리고 있었다.

그럴 수밖에 없는 게, 이런 이야기는 전혀 들어 보지도 못했기 때문이다.

"이건 오해가……."

"그래요? 재판장님, 그 당시에 식당에서 식사 중이던 손님을 증인으로 요청합니다."

"손님?"

노형진의 말에 상대방 변호사는 이제는 어쩔 줄 몰라 하는 눈치였다.

그럴 수밖에 없는 게, 설마 손님이 증인으로 올 거라고는 생각도 못 했기 때문이다.

'단골이라는 말이 그냥 생긴 게 아니거든.'

아무리 유명한 집도 자기 입에 안 맞으면 땡이다.

반대로 별로 유명하지 않은 집도, 자기 입에 맞으면 단골이 된다.

즉, 어떤 가게든 자기만의 취향이 확실한 단골은 있다는 뜻이다.

'그리고 단골은 보통 가게 근처에 있지.'

아니나 다를까, 그날 기록을 찾아보니 자주 오는 단골이 두어 명 있었고 그중 한 명이 기꺼이 증인이 되어 주겠다고 했다.

"증인, 선서하세요."

증인이 앞으로 나와서 선서하고 증언을 시작하자 상대방 변호사는 형용하기 어려울 정도로 비참한 기분이 되었다.

"그래서, 그날 피고가 와서 협박을 하던 것을 봤다 이거군요?"

"네, 분명히 그러더군요. 내가 파워 블로거다, 내가 광고 올려 주면 수십만 명이 볼 거다, 광고비 달라는 소리는 안 할 테니 이 정도 광고 해 주면 밥 한 끼 대접하는 건 예의 아니냐고.”

“그래서 식당 주인이 거절하자 그 블로거라는 사람이 뭐라고 하던가요?”

“이딴 가게 망하게 하는 건 일도 아니라고 했습니다.”

“망하게 하는 건 일도 아니다?”

“네.”

“그래서 주인은 뭐라고 했지요?”

“당신 말 몇 마디에 망할 가게 아니니까 돈이나 내고 가라고 했지요.”

“그렇군요.”

증거에 증언에, 모든 것이 나오자 상대방 변호사는 당혹감을 감추지 못했다.

“피고 측 변호인, 증인 심문 안 합니까?”

“네? 아…… 합니다. 합니다.”

오죽 정신이 없으면 그는 한참을 부른 후에야 앞으로 나왔다. 그만큼 대책이 없어 보였다.

‘쯧쯧.’

노형진은 그런 그를 보면서 혀를 끌끌 찼다.

보아하니 변호사가 개업한 지 얼마 안 되어서 과도하게 믿음을 가지고 있었던 모양이다.

‘그래, 그러면서 다들 진짜 변호사가 되어 가는 거야.’

노형진은 속으로 그를 응원했다.

'변호사는 믿어 주는 게 아니라 이겨 줘야 하는 존재니까.'

아마도 이번 일로 그는 상당히 많은 생각을 하게 될 것이다.

"그러니까 블로거라는 이야기를 정확하게 들었다는 거지요? 하지만 소란스러운 그곳에서 정확하게 입구의 이야기를 들을 수 있었나요? 피고는 증인 같은 사람은 본 적이 없다고 하던데요."

"뭐, 사람들 시선이 그곳으로 쏠렸으니까요."

"쏠렸다?"

"네, 그 당시에 워낙 소란스러워서요. 그리고 제가 보이면 그게 이상한 거죠."

"하지만 그건 증인의 착각일 수도 있지 않나요?"

"그건 아니거든요. 보통 제가 혼자 가서요."

"그게 무슨 소리죠?"

"아무래도 혼자 가면 미안하니까."

오는 손님이 많은데 혼자 가서 4인 테이블을 차지하면 다른 단체 손님을 받지 못한다.

그렇지만 그는 그 집의 음식을 자주 먹는다. 그렇다면 방법이 없는 건 아니다.

"보통은 카운터 바로 옆에 있는 2인 테이블을 씁니다."

"2인 테이블요?"

"네."

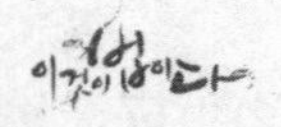

그 자리는 화분으로 공간이 분리되어 있고 또 카운터 바로 옆이다 보니까 사람들이 선호하는 자리가 아니다.

하지만 그는 단골이고 다른 손님들이 계속 오는 걸 아니까 다른 사람들이 들어올 수 있도록 그 자리에 앉아서 식사하는 편이었다.

"그런데 화분이라는 게 방음에 도움이 되는 것도 아니고……."

그러니까 바로 옆에서 모든 소리를 들었다는 것이다.

"하지만 증인이 거기에 있었다는 증거가 없지 않습니까? 혹시 카드라도 썼습니까?"

"어…… 현금으로 냈는데요, 그날은."

"그러면 본인이 거기에 있었다는 증거는 없네요?"

변호사는 애써 꼬투리를 잡았다.

본 사람도 없고, 주변에 다른 사람도 없었다. 그러니 증인이 거기에 있었다는 증거는 없다.

게다가 스스로도 자신은 혼자 가서 먹는 타입이라고 말했다. 그렇다고 단체 손님들이 그를 기억할 이유도 없다.

"그 점에 대해서는 증거를 제출합니다."

"증거?"

어리둥절한 얼굴이 되는 피고 측 변호사.

증인은 혼자 왔다는데 증거라니?

"재판장님, 그날 증인의 핸드폰 사용 기록을 제출합니다."

"핸드폰 사용 기록?"

"그렇습니다. 보통 사람들이 혼자 밥을 먹으면서 뭘 하는지 생각을 해 보십시오."

"아하!"

혼자 간 사람이 혼자서 밥을 먹을 때는 다른 일을 하기 마련이다.

나이가 많은 사람이라면 후루룩 먹고 가거나 신문을 보겠지만, 증인은 그렇게 나이가 많은 사람도 아니고 부대찌개라는 것이 무슨 설렁탕처럼 후루룩 먹고 나갈 수 있는 그런 것도 아니다.

기본적으로 한참을 끓여야 맛이 나는 음식이니까.

"여기 보시면 그날 기록이 나와 있습니다. 증인의 핸드폰 사용 내역입니다."

"으음……."

본인이 요청한 경우 사용 기록을 알려 주는 것이 핸드폰 회사의 입장에서는 어려운 것이 아니었다.

그리고 스마트폰이 있어서 보통 혼자서 밥을 먹을 때 젊은 사람은 웹서핑을 하는 게 보통이니, 당연히 인터넷 접속 기록이 남아 있었다.

"이건 그렇게 확실하지 않은데……."

"위치 추적을 켜 두면 확실해집니다."

"위치 추적?"

"그렇습니다."

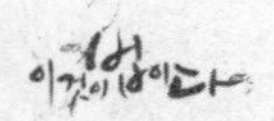

가끔 위치를 기반으로 제공되는 서비스가 있다. 그걸 이용하기 위해서는 핸드폰 내부에서 위치 추적을 허용해야 한다.

그렇게 하면 미터 단위로 추적이 가능하다.

"그의 핸드폰은 그 서비스를 이용하고 있지요. 이런 경우 오차는 3미터 이내입니다."

"으윽."

오차가 3미터라는 것은, 어느 쪽이라고 해도 결국은 가게 안이라는 소리다.

"질문 없습니다."

결국 피고 측 변호사는 인정할 수밖에 없었다, 자신의 의뢰인이 거짓말을 했다는 것을.

하지만 그렇다고 해서 자신이 변론을 포기하는 것은 말도 안 된다.

"재판장님, 피고가 단순 실수를 했을 수도 있습니다. 하지만 원고 측의 주장은 가혹합니다."

'좋은 선택이야. 아주 바보는 아니네. 아마도 의뢰인이 그렇게 부탁했겠지?'

만일 이기지 못한다면 형량을 줄인다. 아니, 피해는 막는다는 것이 다음 전략이다.

그런 판단을 잘해야 좋은 변호사라고 할 수 있다.

그리고 의뢰인의 입장에서는 어떻게 해서든 사과문을 올리는 것을 막아야 한다.

'하지만 그게 더 함정이 된다는 건 생각 못 한 모양이네.'

노형진은 피식 웃으면서 그를 바라보았다.

"어째서요?"

"그거야, 개인의 평판이 달려 있는 중요한 블로그입니다. 그는 파워 블로그로서 오랜 시간 활동을 했고, 그 평판은 아주 중요합니다."

상대방 변호사는 개인의 명예에 관련된 내용이라 주장하기 시작했다.

개인의 명예가 더러워질 수 있으므로 사과문이 아닌 다른 방식의 배상을 요구해 달라는 것이다.

'돈푼 주고 말겠다 이거지.'

파워 블로거로서 벌 수 있는 돈은 어마어마하다. 그러니 그걸 지키기 위해서 차라리 돈을 몇 푼 주고 말겠다는 뜻이다.

'하지만 때로는 지키고자 하는 게 무거운 짐이 되는 법이지.'

노형진은 상대방 변호사가 변론을 끝낼 때까지 묵묵히 바라보기만 했다. 그리고 한참 지나고 나서야 말했다.

"한 가지만 묻겠습니다. 어째서 개인의 명예가 훼손된다는 것이지요?"

"네?"

그 질문을 이해하지 못하는 상대방 변호사.

"재판장님, 아시다시피 명예훼손의 경우 상당히 엄격하게 판단하게 되어 있습니다. 개인의 정확한 특정이 되지 않는 경우, 명예훼손은 성립하지 않습니다. 그렇지요?"

재판장은 고개를 끄덕거렸다.

역사적으로 상대방이 정확하게 특정되지 않으면 그걸 인정하지 않는 성향이 강했다.

물론 닉네임만으로도 특정하는 경우도 있지만 그런 경우는 상당히 드물며, 그 닉네임으로 검색하면 본인을 찾을 수 있는 경우에 한정된다.

"그런데 저희가 조사한 바에 따르면, 해당 블로그에는 본인을 특정할 수 있는 어떠한 지표도 없습니다."

이름도, 나이도, 사진도 없으며 어떤 지역에 사는지, 어떤 직업을 가지고 있는지도 알 수가 없다.

"여기서 알 수 있는 것은 단 하나, 남자라는 것뿐입니다. 그런데 어떻게 개인의 명예가 추락된다는 것이지요?"

수만 명이 보는 블로그에 자신의 신상을 올려 두는 바보는 없다. 애초에 그랬다면 사칭범도 없었을 것이다.

하지만 신상은 올라와 있지 않고, 닉네임 등을 통해서 추적하는 것도 불가능하다.

그들은 인터뷰를 하거나 해서 검색을 통해서 찾을 수 있는 대상이 아니기 때문이다.

"하지만 닉네임에도 명예가 있습니다!"

"닉네임에는 명예가 없습니다. 더군다나 본인의 범죄 사실에 대한 사과문을 올리는 정도로 명예가 더러워진다고 볼 수는 없지요."

"흠……."

판사는 고민하는 눈치가 보였다.

사실 노형진의 말은 틀린 것이 아니다.

백번 양보해서 피고 측의 주장을 받아들인다고 해도 결국은 자신의 손해에 대해서 처벌받는 게 아니라서, 그냥 사과문을 올린다고 명예가 훼손된다고 보기는 어렵다.

"하지만 그건 피고의 생계에 관련된 문제입니다."

상대방 변호사는 다급하게 말했다.

피고는 블로그를 통해서 생계를 유지한다고 했다. 그러니 만일 여기에 사과문을 올리면 다들 떠나갈 것이라는 것이 주요 골자였다.

'멍청하기는.'

그로서는 다급한 마음에 한 말이었지만 그게 실수라는 것은 아마도 몰랐을 것이다.

"그러니까 피고는 블로그를 통해서 생계를 유지한다는 말이군요?"

"그렇습니다."

"그러면 문제가 되지 않을까요?"

"문제가 될 게 뭐가 있나요?"

"일단 이건 개인의 무전취식이 아니라 계획적 무전취식이 됩니다. 기업이 애초에 돈을 주지 않을 생각을 했다는 뜻이

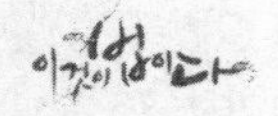

지요."

"아……."

물론 개인은 기업이 아니다. 하지만 돈을 벌어서 생계를 유지한다는 것 자체가 명백한 재산 활동에 들어간다.

"그 부분은 이미 돈을 내서 끝난 사건입니다."

상대방 변호사는 선을 딱 그어 버렸다. 더 이상 노형진에게 끌려갈 수 없었기 때문이다.

"좋습니다. 그러면 개인 사업자는 내셨습니까?"

"네?"

"돈을 벌어서 생계를 유지한다면 개인 사업자를 내야 하는 거 아닌가요? 그러면 그동안 번 돈에 대해서 세금은 내셨나요?"

"……."

벙한 표정으로 입을 쩍 벌리는 피고 측 변호사.

'이 상황에서 세금 문제가 왜 나와?'

이건 세금과 전혀 관련이 없는 사건이다. 그러니 세금 문제는 생각도 못 했다.

"재판장님, 파워 블로거들이 금전적으로 활동하는 경우 그 돈은 수억 단위의 수익이 된다고 했습니다. 그러면 그 돈에 대한 세금은 어떻게 될까요?"

적지 않을 것이다.

"그 부분은 이번 사건과는 관련이 없습니다."

변호사는 어떻게 해서든 벗어나기 위해서 재빠르게 잘라

냈다.

"인정합니다. 고소인 측 변호인, 따로 고발을 하든지 하시고, 여기서는 더 이상 언급하지 마세요."

"알겠습니다."

판사가 편을 들어 주기는 했지만 실제로는 편을 들어 준 게 아니었다.

나는 모르니 일단 고발해서 제대로 재판을 받으라는 소리였기 때문이다.

'늑대를 피하려다가 호랑이를 만났군.'

노형진은 속으로 키득거리면서 상대방 변호사를 바라보았다.

그도 갑자기 고발로 넘어갈 줄 몰랐기 때문에 어쩔 줄 몰라 하는 눈치였다.

"하지만 이 재판에서 신경 써야 하는 부분이 있습니다."

"어떤 부분이지요?"

"만일 피고가 해당 블로그를 통해서 수익을 창출한다면, 그건 인터넷 기업에서 준 파워 블로거 자격에 위배되는 행동을 한 것이 됩니다. 해당 기업의 파워 블로거 자격에 따르면 블로그를 통한 영리 활동을 명백하게 금지하고 있기 때문이죠."

"허억!"

그건 심각한 문제가 된다.

계약을 위반했으니 당연히 파워 블로거 자격도 박탈될 것이다.

물론 그의 블로그를 찾아서 오는 사람도 있지만, 추천 파워 블로그 목록을 보고 오는 사람이 압도적으로 더 많다. 당연히 접속자가 떨어진다는 뜻이다.

그리고 접속자가 떨어진다는 것은 돈도 안 된다는 뜻이다.

"피고 측 변호인, 이 일에 대해서 어떻게 생각하십니까?"

세금에 자격 박탈까지 당한다는 말에 그는 얼굴이 새파랗게 질려 버렸다.

⚖

"결국 이렇게 되는구나."

탈세에 대한 고발은 고발대로 진행되었고, 파워 블로거 자격은 박탈되었다.

그리고 그가 어떻게 해서든 막으려고 했던 사과문 공지는 판사가 올리도록 판결해 버렸다.

기본적으로 블로그를 통해서 수익을 내는 것이 불법이라면 그걸 올린다고 해서 손해가 있다고 보기는 힘들다고 판단했기 때문이다.

"안 그래도 블로거지들 때문에 사방이 시끄러웠는데."

요즘은 사방에서 돌아다니면서 식당을 뜯어먹는 블로거지들 때문에 인터넷이 시끄러웠는데 그게 제대로 발각된 것도 처음이고, 더군다나 법원을 통해서 사과문 공지까지 올라가

자 그의 블로그를 찾아오는 사람들이 급속도로 줄었다.

이웃으로 추가했던 사람들은 이웃 목록에서 삭제해 버렸고 파워 블로거 추천도 떨어지기 시작하자, 당연히 들어오는 유입은 확 줄어 버렸다.

어떻게 들어온다고 해도 들어오자마자 파워 블로거지 노릇에 대한 사과문이 떡하니 떠 있으니 누가 그를 믿고 따르겠는가?

"아주 훅 가네."

"결국은 돈이 아닌 명예와 믿음의 문제거든."

파워 블로거들의 힘은 거기에 있다. 그러나 그걸 악용한다면, 없애 버리면 그만이다.

더군다나 사과문 형태도 자신이 올리는 것이 아니라 사건번호까지 붙여서 법원의 명령으로 사과문을 올린다는 것을 명확하게 해 놨으니 누가 그를 믿겠는가?

"결국 자초한 거야."

사실 노형진은 기업에서 협찬받는 것까지 뭐라고 할 생각은 없다.

기업도 홍보해야 하는 길이 필요하고, 블로거도 모든 물건을 자기 돈으로 사서 쓰는 데 한계가 있으니까.

"하지만 믿음이 없으면 안 되지."

써 보고 좋은 물건이면 홍보하고, 나쁜 물건이면 정확하게 문제점을 제기해야 하는 게 그들이다.

그런데 돈을 받고 좋은 것만 이야기했다.

심지어 독극물이라고 할 수 있는 오존 발생기를 판 인간까지 있었다.

사람들의 믿음을 배신한 것이다.

"대대적으로 블로그들에 대한 검증이 벌어지나 봐."

"그렇겠지."

사실 인터넷 기업들 역시 어느 정도의 홍보는 모른 척했다.

하지만 재판까지 간 이상 더는 방치할 수 없는 노릇이었고, 단순 후기가 아니라 돈벌이나 블로거지 노릇을 하는 자들에게는 바로 처벌이 떨어졌다.

"이제 인터넷이 좀 깨끗해지려나?"

손채림은 훨씬 깔끔해진 인터넷을 보면서 그렇게 말했다. 다들 블로거지들이 안 나타나니 살 것 같다는 모습이었다.

그들의 행동은 식당뿐만 아니라 기업에까지 피해를 줘 왔으니까.

"일단 파워 블로거라고 하면서 행패 부리는 놈들은 없어지겠지."

전화 한 통이면 상대방을 확인해서 바로 경찰에 넘겨 버리니 사칭을 하는 놈들도 사라졌다.

그리고 거지 노릇을 하는 놈들도, 공구의 형태로 홍보하는 자들도 사라졌다.

"하지만 모든 네티즌이 깨끗해지지는 않겠지."

"도돌이표인가?"

"도돌이표는 아니겠지만, 아마 자정하려면 좀 걸리겠지."

하지만 노형진은 언젠가 사람들이 깨끗하질 거라는 것을 믿고 싶었다.

# 마법의 주문

"으하암."

노형진은 입을 쩍 벌리고 하품하면서 출근하고 있었다.

"세상에서 제일 무거운 게 눈꺼풀이라고 하더니."

농담이 아닌지, 요 근래 상당히 피곤함을 느끼고 있었던 그였기 때문에 진심으로 휴가를 낼까 생각 중이었다.

"그러고 보니 제대로 쉬어 본 게 언제인지 모르겠네."

물론 자신이 원하면 언제든 쉴 수 있다. 변론 기일이야 변경 신청하면 어지간하면 바꿔 주니까.

그러나 피해자들이 다급해해서 자꾸 휴가를 미루다 보니 제대로 맘 편하게 쉰 게 언제인지 기억도 나지 않는다.

"그래, 올 여름은 해외여행 좀 가 보자. 아니야, 회사에서 단체로 제주도를 갈까."

제주도 단체 여행이라고 한다면 그다지 돈이 많이 드는 것은 아닐 것이다.

"그래, 그것도 좋은 방법일 것 같네."

돈은 쓰려고 버는 것이다.

그걸 개인에게 쓰느냐, 아니면 세상에 베푸느냐의 차이일 뿐.

그리고 노형진은 전자도 좋지만 후자도 좋은 생각이라고 생각하는 사람이었다.

"그것도 좋겠네. 일단은 한번 알아볼까. 이런 재미라도 없으면 이 삭막한 세상에서 어떻게 살……."

그 순간 뭔가가 날아와서는 노형진의 옷에 퍼석하는 소리를 내면서 부딪혔다.

"이 무슨……."

깨진 흔적과 주르륵 흐르는 점액질을 보고 그게 뭔지 판단하는 것은 어려운 일이 아니었다.

"계란?"

자신에게 날아온 날계란을 어이가 없다는 표정으로 내려다 보는 노형진.

그리고 그 뒤를 이어서 수십 개의 계란이 날아왔다.

"아이고!"

황급하게 나오던 경비원이 손에 들었던 우산을 부랴부랴 펼쳤지만 이미 몇 개는 노형진의 옷을 맞힌 후였다.

그리고 그 우산 뒤에서 들려오는 목소리.

"빨갱이는 물러가라!"

"빨갱이를 처단하라!"

"이 빨갱이 새끼를 죽여 버리자!"

게거품을 물며 몰려드는 노인들을 보면서 노형진은 당황했다.

"뭐…… 뭐라고요?"

빨갱이라니? 내가 뭘 어떻게 했기에?

그는 뭘 한 게 없다.

물론 비밀리에 권력의 핵심인 최재철과 척을 지기는 했지만 지금까지 비밀로 하고 있어서 그쪽도 모를 상황이었다.

그런데 빨갱이라니?

"빨갱이 새끼를 죽여 버리자!"

"빨갱이는 꺼져라!"

계란도 부족한지, 수십 명의 노인들은 피켓까지 들고 들고 언성을 높이고 있었다.

"아니, 이게 무슨……."

어지간한 일로는 눈도 깜짝 안 하는 노형진이었지만 이 상황을 이해하지 못하고 멍하니 있자 경비원이 재빨리 그를 우산으로 가리면서 안으로 끌고 들어왔다.

"괜찮으세요? 어디 다친 곳이라도……?"

"저야 괜찮은데……. 이게 무슨 일입니까? 빨갱이라니요? 우리 새론은 정치적 사건은 담당하지 않는 걸로 알고 있는데요."

"저도 잘 모르겠습니다. 갑자기 아침부터 저렇게 몰려와서……."

경비원은 어쩔 줄 몰라 했다.

하긴 그럴 수밖에 없는 게, 나이를 먹고 은퇴한 후 경비 일을 하는 것인데 저들을 통제하지 못하고 있으니 잘릴 수도 있기 때문이다.

하지만 노형진은 그럴 생각도, 그럴 이유도 없었다.

"저야 계란 몇 개 맞은 것뿐인데, 아저씨는요?"

"저는 괜찮은데요……."

"안 그래 보이는데요?"

자신은 그나마 피해가 없는 계란으로 맞은 것이지만, 지금 여기 모여 있는 경비원들은 딱 봐도 옷이 흐트러지거나 뜯어지고 머리도 산발인 것이 한번 대판 한 눈치였다.

"어떻게 된 건지 모르지만 일단 조심하시구요, 경찰 부르시고 직접 대응하지 마세요. 저쪽은 숫자가 많습니다."

더군다나 상당히 폭력적으로 나오고 있다.

이 상황에서 경비원들이 그들에게 대응하면 어떤 사태가 벌어질지 모른다.

"네, 알겠습니다."

"경찰은요?"

"경찰이 오기는 했는데……."

그들의 시선이 어디론가 향했고, 노형진의 시선도 그곳으로 자연스럽게 따라갔다.

경찰차에 기대선 채 물끄러미 바라보고만 있는 경찰들이 보였다.

"끄응……."

노형진은 그걸 보고 입안이 씁쓸했다.

이런 집회가 불법임을 알면서도 방치한다는 것은 알고 있었다. 특히나 현 정부에서 보수 집회는 건드리지도 않는다는 것은 익히 알려진 사실이다.

'아무리 그래도 그렇지.'

여기는 변호사 사무실이고, 어찌 되었건 대한민국에서 톱 10위 안에 들어갈 정도의 규모를 자랑한다.

그런데 경찰이 손 놓고 구경만 하고 있다니.

'설마…….'

혹시나 최재철이 자신들에 대해서 알아차린 게 아닌가 하는 우려가 스물스물 기어올랐다.

그러면 곤란하다. 아직은 그들과 싸울 준비가 되어 있지 않은 상황.

"제가 올라가서 이야기해 보겠습니다. 여러분들도 멀쩡하지 않은데 이런 말 드려서 죄송합니다만, 우산을 몇 개 들고 주변 골목으로 가서 출근하는 직원들에게 나눠 주세요."

"알겠습니다."

그들은 노형진의 말에 비상용 우산을 찾으러 창고로 헐레벌떡 뛰어갔고, 노형진은 자신의 사무실로 가지 않고 바로 위로 올라가서 송정한의 사무실로 향했다.

송정한의 사무실에 들어가 보니 송정한과 무태식 그리고 낯선 남자가 앉아 있었다.

"송 대표님."

"오! 노 변호사 왔는가? 안 그래도 자네에게 전화하려고 했는데."

"무슨 일이 터진 겁니까? 하루 사이에 이런 일이라니? 설마 최재철이 우리에 대해서 알아차린 겁니까?"

그렇다면 상당히 큰 문제가 되기 때문에 노형진은 마음이 다급했다.

하지만 씁쓸하게 웃는 송정한의 표정은 전혀 다급한 것은 아니었다.

"그건 아니기는 한데……."

"아니라고요?"

노형진이 어리둥절하게 묻자 옆에 있던 남자가 미안한 표정을 지었다.

"저희가 사건을 괜시리 맡긴 거 아닌가 하는 생각이 드네요."

"아닙니다. 변호사가 외압에 밀릴 수야 없지요."

무태식 변호사는 그런 그를 다독거렸다.

눈치를 보아하니 남자가 어떤 사건을 맡겼는데 그 사건이

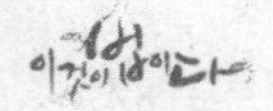

이번 사태의 원인이 되었고, 그 사실을 안 남자가 부랴부랴 온 것 같았다.

그리고 무태식 변호사가 그 사건의 담당 변호사인 듯하고 말이다.

"도대체 무슨 일이 벌어지고 있는 겁니까? 혹시나 무슨 정치적 사건이라도 담당하신 겁니까?"

"그건 아닐세. 정치적 사건은 아니야."

"네? 정치적 사건이 아니라고요?"

그렇다면 지금 변호사 사무실 앞에서 빨갱이는 물러나라고 소리 지르며 피켓을 흔들고 계란을 집어 던지는 저 노인들은 뭐란 말인가?

"그게……."

남자는 곤혹스러운 얼굴로 미안한 듯 노형진을 바라보았고, 무태식은 그런 그를 노형진에게 소개시켜 줘야만 했다.

"일단 설명을 듣기 전에 소개부터 해 드릴게요. 청년보수협회의 소규태 회장이라고 합니다."

"청년보수협회요?"

"네."

"정치적 단체 같은데."

"일단 보수주의를 표방하는 청년들이 모인 곳이니 정치적 단체이기는 한데, 진짜로 이번 사건은 정치적 사건이 아닙니다."

양손을 흔들며 절대로 아니라고 부정하는 그를 보면서 노형진은 고개를 갸웃했다.

"그러면 무슨 일이 벌어진 겁니까?"

"그게……."

그가 곤혹스러워하자 무태식이 그의 어깨를 두들겨 주며 말했다.

"치부를 밝히고 싶어 하지 않는 건 알지만, 그걸 밝혀야 고쳐지는 법입니다. 그리고 지금 상황을 해결할 정도의 능력이 되는 분은 노형진 변호사님뿐이구요."

"그렇다면야……."

소규태는 결심한 듯 천천히 입을 열었다.

"정치인이 관련되어 있기는 하지만 정치 사건은 아닙니다."

"네? 그게 무슨 말씀이신지?"

소규태의 말에 노형진은 그를 바라보았다.

정치적 사건이 아닌, 정치인 관련 사건?

"정치인 한 명이 개인적 범죄를 저질렀습니다. 그리고 그 피해자가 저희에게 도움을 요청했구요."

"끄으응……."

노형진의 입에서 절로 신음 소리가 스며 나왔다.

아무리 개인 범죄라고 해도 그걸 저지른 게 정치인이라면, 그래서 저들이 걸고 넘어지면 정치 사건으로 비화하는 수가 많기 때문이다.

"도대체 어떤 일이 벌어진 겁니까?"

"일단은 저희 단체에 대해서 아셔야 합니다."

청년보수협회는 합리적 보수를 지향하면서 정책 선거로 나라를 바꾸자는 보수주의 청년들이 모여 있는 곳이다.

보통 청년들 중에는 진보가 많다고 하지만 보수가 없는 것도 아니니까.

"보수의 가치가 뭔지 아십니까? 바로 전통의 존중이지요. 외부에서는 현상 유지라고 욕하기는 하지만."

"그건 압니다."

"그래서 저희는 정당한 보수의 가치를 알리고 정책 선거를 통해 올바른 보수를 알리려고 노력하고 있습니다."

"그게 이번 사건과 무슨 관련이 있는지요?"

"어찌 되었건 저희는 보수 대표라는 것이지요."

그런데 피해자들도 보수에 속한 사람들이다.

차마 외부에 보수의 추문을 이야기할 수가 없어서 그나마 믿을 만한 청년보수협회, 즉 청보협에 도움을 요청했다는 것이다.

"그래서 그들을 도와주는데, 그게 아무래도 저쪽의 마음에 안 드는 모양이더군요."

"저쪽이라고 하면?"

"바깥에서 시위하는 사람들요. 말로는 보수 단체이지만 사실 극우 이권 단체라서요."

그러니까 다른 보수 단체가 뭔가를 지적하자 그들이 공격을 시작했다는 것이다.

"쉽게 말해서 매도당한 거군요."

"정확하네."

송정한은 고개를 끄덕거렸다.

그러나 노형진은 고개를 갸웃했다.

보수 단체가 같은 보수 단체를 공격하는 경우는 상당히 드물다.

더군다나 개인적 범죄에 대해서 지적하는 단체를 공격한다? 말도 안 된다.

"보수는 부패로 망하고 진보는 분열로 망한다고들 하지요."

"네."

"그래서 저희는 그 말을 고치고 싶었습니다."

같은 보수라고 하지만 잘못된 것은 잘못된 것이고 범죄는 범죄라는 것을 정확하게 지적해서 고치고자 했다.

그랬더니 저들이 저렇게 거품을 물면서, 자신들과 자신들의 사건을 받아 준 새론을 공격하고 있다는 것.

"도대체 그 정치인이 누구인데요?"

"변재량요."

"변재량이라고 하면 그……?"

"맞습니다. 저희 쪽에서도 자랑스러운 사람은 아니지요. 보수 쪽에서도 말이 많은 사람이구요."

소규태는 약간은 곤혹스러운 듯 말했다.

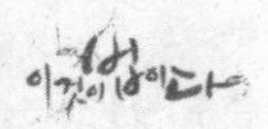

노형진의 입장에서도 그다지 반갑지 않은 이름이었다.

그는 노형진도 익히 아는 사람이다. 물론 개인적으로 아는 사람은 아니다.

그를 아는 것은, 그가 상식 따위는 엿과 바꿔 먹은 3선 의원이기 때문이다.

극단적인 정치 신념은 정치적 문제이니 이해라도 하겠지만 탈세부터 폭행까지, 구설수가 넘치다 못해서 폭발할 지경이다.

"그 사람에 대해서 주변에서 고발이 들어왔습니다. 저희는 그 고발, 아니 고소를 도와줬구요."

"뭔데요?"

"갈취와 성희롱입니다."

"갈취와 성희롱?"

"네. 보좌관들에게서 월급을 갈취했다고 하더군요."

"허."

소규태의 말에 노형진은 한심함에 절로 한숨이 흘러나왔다.

보좌관은 국회에서 일하는 사람들이다. 당연히 그 월급이 나온다.

많은 건 아니지만, 어찌 되었건 그들은 그 돈으로 생활을 이어 가야 한다.

"그걸 갈취했다고요?"

"네, 정치헌금을 받아야 그래도 생활할 수 있다면서요."

"얼마나 받아 갔는데요? 10? 20?"

"1인당 150만 원요."

"얼마요?"

"1인당 150만 원요."

"허! 아니, 국회의원 보좌관 월급이 얼마나 된다고요?"

"호봉에 따르면 1년 차가 대략 180만 원 정도 된다고 하더군요."

"미친."

이야기를 들어 보니 가관이다.

국회의원의 보좌관은 별정직으로 구분되며 한시적 공무원 취급으로 분류된다.

공무원의 좋은 점은 안정적이라는 것이고 안 좋은 점은 호봉이 낮은 경우 임금이 낮다는 것이다.

그리고 보좌관은 임시적 공무원, 쉽게 말해서 월급도 낮고 안정적이지도 않은 자리다.

"그런 사람들 걸 150만 원씩이나 빼앗았다고요? 그럼 잘해 봐야 50만 원이나 남을 텐데요?"

"그러니까요."

무태식의 눈이 절로 찡그러졌다.

"그래서 제가 그 사건을 담당하게 된 겁니다. 그분들도 같이 일할 생각이 없다고 하니 그 돈을 돌려받기 위해서요."

무태식은 처음에는 간단하게 생각했다. 같은 보수 단체에서 불만을 제기한 것이고 법적으로 명백하게 잘못인 데다가 선거로 먹고사는 국회의원에게는 치명적일 수도 있는 일이니 소송을 걸면 그 돈을 돌려줄 거라고 말이다.

이렇게 난데없이 종북 프레임을 뒤집어쓰게 될 것이라고는 정말이지 생각도 못 했다.

"피해자분들은 왜 그렇게 월급을 뜯기면서까지 거기에 있었던 겁니까?"

소규태는 한숨을 쉬면서 말했다.

"자기 말을 잘 따르면 공천시켜 준다고 했답니다. 다들 나라의 정치를 바꿔 보겠다고 용기를 가지고 들어간 사람들이니 꿈을 가지고 있었던 거지요."

"뭔 말 같지도 않은 소리를……."

고작 3선 의원이 공천권에 근접할 수 있을 리 없다.

하물며 다른 사람들은 공천받기 위해서 수억씩 들고 따라다니는데 고작 3선 의원의 보좌관이라고 공천을 해 줄 리 없다.

"줄 리 없잖습니까?"

"그러니까 문제지요."

공천은 당연히 해 주지 않은 채 온갖 인격적 모욕과 비하를 퍼붓는 데다 개인적 심부름까지 시키면서 노예 취급을 했다는 것이다.

"성희롱은……. 아닙니다. 말 안 해도 알 것 같습니다."

노형진은 소규태에게 확인하려다가 말았다.

분명히 보좌관 중에는 여자도 있을 테니까.

"보좌관들이 당한 일을 들어 보니 완전히 개판이더군요. 그런 사람이 우리 보수를 대표하는 의원이라는 게 창피할 정도였습니다."

얼굴이 붉어진 채로 말하는 소규태.

월급을 빼앗은 것도 부족해서 자기 집 제사를 지내는 데에 와서 전을 부치게 하거나 김장할 때 불러서 김치를 담그게 하는 것은 기본이고, 데이트하러 가는 딸의 운전기사 노릇을 시키거나 마트에 가는 와이프의 짐꾼 노릇까지 시켰다는 것.

그러니 차마 창피해서 외부에 말할 수가 없는 지경이다.

안 그래도 보수의 약점이 부패인데 그걸 외부에 말하자니 보수주의자로서 창피했던 것.

"결국 버티다 못한 사람들이 나와서 도움을 청한 겁니다. 직접 달라고 해 봐야 주지도 않고, 제보하자니 보수의 얼굴에 먹칠하는 것 같아 차마 못 하겠고, 그렇다고 포기하자니 억울하고……. 그래도 우리가 보수 단체이니 우리가 말하면 주지 않을까 하고 우리를 찾아와서 나서 줬던 건데, 말이 안 통하더군요."

소규태는 갑갑한 듯 중얼거렸다.

그들도 처음에는 정치라는 청운의 꿈을 꾸면서 들어갔을지는 모른다. 하지만 몇 달만 일해 보면 절대로 자신을 공천해 줄 사람이 아니라는 것과 그들을 속인다는 사실을 알게 되는 것은 어려운 게 아닐 것이다.

"사람의 행동은 평소에 드러나는 법이니까요."

진심으로 공천을 해 줄 사람이라면 절대로 그렇게 인격적으로 무시하지는 않는다.

어쩌면 미래에 자신과 같은 국회의원이 될 수도 있고, 자신의 정치적 신념을 이어받은 정치적 적자가 될 수도 있기 때문이다.

무시한다는 행위 자체가 이어 줄 생각이 없기 때문에 가능한 것이다.

"확실히 정치적인 사건은 아니네요."

이건 정치적인 사건은 아니다. 개인의 범죄일 뿐이며 개인의 인성 문제일 뿐이다.

그런데 난데없이 빨갱이 타령이라니.

"하아……."

노형진은 안도의 한숨을 내쉬면서도 한편으로는 머리가 지끈거렸다.

"그러니까 자기 범죄를 감추기 위해서 우리와 소규태 씨를 빨갱이로 몰아가는 거군요."

"부끄럽습니다."

자신들이 좌파인 것도 아니고, 완전한 외부 단체인 것도 아니다. 평소에 교류가 있던 명백한 보수 단체다.

평소에는 도움을 부탁한다면서 악수하며 웃더니, 잘못을

지적하는 순간 갑자기 빨갱이로 몰아가면서 자꾸 그러면 국가 지원을 끊어 버리겠다면서 협박하고 있다는 것이다.

"빨갱이니 종북이니 하는 말이 붙어 버리면 사건을 해결하기는 쉽지 않을 텐데요?"

"안 그래도 자네한테 도움을 청하려고 하고 있었네. 정치적 사건이 아니기는 하지만 말이야. 저쪽에서 이렇게 나오면 이쪽에서도 여러모로 문제가 많거든."

"도움이라……."

하긴 지금 상황이 그다지 유리한 건 아니다.

정치적 사건은 아니지만 정치적 문제가 생길 가능성은 다분하다.

"아무래도 저도 생각을 좀 해 봐야겠습니다."

쉬운 문제가 아니기 때문에 상당히 오래 고민해야 할 것 같다는 생각이 드는 노형진이었다.

⚖

"도대체 저 노친네들은 왜 저러는 거야? 아니, 집에도 안 가?"

"가 봐야 뭘 하겠어."

"응? 그게 무슨 소리야? 집에서도 버려졌다 이거야?"

"그건 아니고. 저런 사람들은 집에서 쫓겨나거나 버려진 게, 아니라 과거를 그리워하는 거야. '뭘 하겠어.'라는 게 저들을 무시해서 하는 말이 아니라, 저들은 진짜로 할 게 없다는 뜻이야. 과거에는 모르지만 현재는 할 게 없는 거지."

"과거?"

"그래."

늙으면 보수주의자가 된다. 그건 의외로 맞는 말이다.

어쩌면 당연하다면 당연한 일이다.

"누구나 늙을 수밖에 없어. 그러나 세상은 그것보다 훨씬 더 빨리 변하지."

과거에 일하던 방식은 지금은 통하지 않는다. 언제나 더 빨리, 더 효율적으로 일하는 방법을 찾으려고 하니까.

"그 과정에서 자연스럽게 과거의 방식으로 일했던 사람들은 도태될 수밖에 없지. 현대는 과거의 농경시대가 아니니까."

"아아, 무슨 뜻인지 알겠네."

과거 농경시대에는 자세한 정보가 없었으니 노인들의 삶의 지혜가 필요했다. 그래서 그들의 자리는 확고했다.

하지만 산업화 이후에 그들의 자리는 좁아지기 시작했고, 빠르게 변하는 정보화 시대 이후에는 그들의 지식은 전혀 의미가 없어져 버렸다.

"그러다 보니 노인들은 과거를 그리워하게 되지."

보수의 가치는 과거의 것을 지키는 것.

그러니 과거에 집착하는 노인들은 저절로 보수주의자가 될 수밖에 없다.

"아이러니하네."

"그렇지?"

과거, 70~80년대에 민주화 투쟁을 했던 사람들은 그 당시에는 나서서 싸우는 진보의 투사들이었다.

그러나 이제 60~70대가 되어 버린 그들은 확고한 보수로서 과거 자신들이 대항하여 싸웠던 자들을 위해서 싸워 주고 있다.

"문제는 말이야, 적응력이지."

"적응력?"

"그래. 영원한 건 없거든."

그건 노형진이 가장 잘 알고 있다.

회귀 전에 늙어 본 적이 있으니까.

"나이를 먹으면 판단력 역시 떨어진다는 게 문제야."

"저기서 시위하는 사람들이 멍청하다는 거야?"

"멍청한 것과는 다르지. 저 사람들 중에는 과거에 유명한 학자였거나 선생님이었던 이들도 있을걸. 내가 말하는 판단력은 말 그대로 판단력이야. 정보를 얻었을 때 그게 맞는지 맞지 않는지 판단할 능력이 점점 흐려진다는 거지. 그건 변호사들도 마찬가지야. 도리어 더 심하면 심했지, 약하지는 않을걸. 그건 누구도 피하지 못하는 거야."

회귀 전 나이 먹은 후에도 노형진은 확실히 뛰어난 변호사였지만 지금에 비하면 창의력은 부족했던 것이 사실이다.

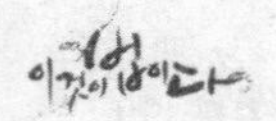

하지만 지금은 그때의 경험을 바탕으로 하여 젊음의 창의력까지 가지고 있다.

'아마 과거의, 아니 회귀 전의 나였다면 이 자리까지 오지 못했을 거야.'

젊음이라는 것. 그 창의력이라는 것은 무시할 것이 못 된다.

"과거였다면 저들은 일단 자신들에게 주어진 정보를 걸러 냈을 거야. 지지는 하지만, 잘못된 것은 잘못된 것이라고 판단하겠지."

하지만 지금은 아니다.

정보를 걸러 내지 못하고 맹신하게 된다.

"변호사들이라고 별반 다르지 않아. 유명한 변호사들이라고 해도 나이 먹으면 실력이 떨어지는 경우는 많잖아?"

"그건 그러네."

"하나하나 판단해야 하는데 그걸 하지 못하니까, 실력이 떨어지는 거야."

"뭐, 그건 그렇다고 쳐. 어쨌든 저 사람들을 그냥 둘 수는 없잖아."

"그러니까 문제지."

그냥 피켓을 들고 구호만 외치는 거라면 무시하면 그만이다. 하지만 저들은 계란까지 투척하면서 극렬하게 싸우고 있다.

"오는 사람들에게까지 문제잖아."

"그러니까."

물론 경찰에 신고하기는 했다. 하지만 경찰은 신고된 집회라면서 방관만 할 뿐이다.

"경찰에 폭행으로 신고하기는 했지만……."

계란을 투척하는 것은 명백하게 폭행이다.

이미 몇 번이나 폭행으로 신고했지만 그와 관련해서 이루어지는 조사는 지지부진하기 짝이 없었다.

워낙 많은 사람들이 모여 있는 데다가, 경찰 자체가 그다지 조사의 의사를 보여 주지 않고 있었기 때문이다.

"시간이 지나면 줄어들 거라 생각했는데."

창문 너머로 뭉쳐 있는 노인들을 보면서 손채림은 얼굴을 찌푸렸다.

"도리어 시간이 지날수록 더 뭉치잖아?"

"뭐, 총동원령이라도 내린 모양이지."

"그런 것도 있어?"

"원래 정치적 싸움이라는 게 그런 거야."

"아니, 이건 정치적 싸움이 아니잖아? 개인적 범죄지. 그리고 애초에 왜 자꾸 빨갱이라고 하는 건데? 차라리 억울하다고 하든가!"

억울하다고, 우리 의원님은 그럴 분이 아니라고 시위를 하면 그건 이해라도 할 텐데, 그런 이야기는 전혀 없이 그냥 빨갱이 타령만 하고 있으니 돌아 버릴 지경.

"우리는 정치적인 게 아니지만 당사자인 의원에게는 정치적인 거야."

"어째서?"

"일정 이상의 처벌을 받으면 피선거권을 박탈당하거든."

"응?"

"말 그대로 선거에 출마할 수 없다는 뜻이야."

일정 이상의 형을 받으면 선거에 출마할 수 없고, 선거에 출마하지 못하게 되면 정치인의 정치생명은 끝이라고 봐야 한다.

"그래서 저렇게 결사적으로 동원하는 거야?"

"그렇지. 일종의 정치적 협박 같은 거지."

운이 좋아도 최소한 5년은 정치를 못 하게 된다는 뜻인데, 그 시간이면 국민으로부터 잊히기에는 충분하다.

특히나 변재량은 막말을 통해서 자신의 인지도를 상승시킨 사람이지, 능력이나 주변 인물들이 믿음을 줘서 떠오른 사람이 아니다.

"그가 막말로 성장했지만 그 자리를 대체할 사람들은 많이 있거든."

능력이 뛰어난 사람은 대체하기 힘들다.

주변 인물이 믿음을 줘서 밀어주는 것은 능력을 얻는 것보다 더 힘들다.

"하지만 막말을 해서 이미지를 보여 주는 것은 쉬운 거니까."

만일 누군가 그의 자리를 차지하려고 한다면 어렵지 않게 차지할 수 있을 것이다.

“연예인들이랑 비슷하네.”

“틀린 말은 아니지.”

그들은 잊히면 지는 것이라는 것을 알고 있다.

과거에 대통령 후보를 했다고 하면 뭐 하나, 그를 기억하는 사람이 없다면 의미가 없는데.

“그러니 어떻게 해서든 이기고 싶은 거지.”

“그런데 왜 자꾸 빨갱이 타령인 거야?”

“진실에서는 지니까.”

“응?”

“피해자가 한두 명도 아닌 상황에서 억울하다고 한들 이빨이나 들어가겠어? 더군다나 이번 고발은 진보 측이 아니라 같은 보수 측에서 나온 거야. 그 문제는 생각보다 심각하지.”

피해자는 많고 증거는 그들이 가지고 있다. 그러니 아무리 억울하다고 해 봐야 이기는 힘들다.

더군다나 진보 측도 아니고 보수 내부의 공격이기 때문에 정치적 함정이라고 주장할 수도 없다.

“더군다나 이건 법원에서도 봐줄 수가 없는 거야. 아무리 힘이 있어도, 개인적인 범죄니까.”

“그런데?”

“거기에다 고발한 사람이 보수야. 쉽게 말해서, 이게 사실로 드러날 경우 자칫 잘못하면 보수 쪽에서도 버려질 수 있

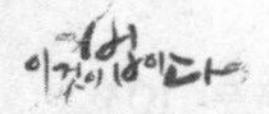

다는 뜻이지. 그래서 빨갱이 타령을 하는 거야."

"이해가 안 가는데?"

"쉽게 말해서 이런 거야. 상대방이 사기 전과 10범의 사기꾼인데 너한테 다가와서 좋은 사업거리가 있다고 한다면 넌 뭐라고 하겠어?"

"웃기지 말라고 하겠지."

"마찬가지야. 상대방에게 빨갱이라는 프레임을 씌움으로써 상대방의 이야기를 들어 볼 가치도 없는 말로 만드는 거지. 원래 같은 보수주의자니까 저들이 주변에 이야기하기 시작하면 불리해지는 것은 자신이야. 그러기 전에 청년보수협회와 소규태에게 빨갱이라는 프레임을 뒤집어씌워서 다른 보수들이 그들과 이야기를 하지 못하게 선을 그어 버리려는 거지. 우리나라 보수는 빨갱이나 종북이라는 타이틀이 붙어 있으면 대화의 상대로 생각도 안 하는 성향이 있거든."

"허? 그게 가능해?"

"물론 말도 안 되는 소리기는 하지만 한국에서는 가능해. 한국의 민주주의는 완성되었다고 볼 수 없으니까."

민주주의는 여러 사람의 의견을 듣고 그걸 수렴하여 최선을 찾아내는 것이 미덕이다.

그러나 한국은, 특히나 일부 보수주의자라는 작자들은 그렇게 생각하지 않는다.

자신들이야말로 정의이고 진실이라 생각하며, 자신들에게

반대하는 모든 사람들은 빨갱이이며 종북주의자라고 생각한다.

'이 짓거리를 족히 20년은 할 거란 말이지.'

그들의 행동을 다시 생각하다 보니 한숨부터 나왔다.

대한민국이라는 나라가 일본의 손아귀에서 벗어난 순간부터 시작된 빨갱이 주장은 지금까지 쭉 이어져 왔고, 앞으로도 20년이 넘도록 이어질 것이다.

"사건에서 이기는 건 어려운 게 아니야. 증거야 넘치고 피해자도 넘치니까."

문제는 빨갱이라고 못을 박는 저들의 행동이다.

"분명히 이번 행동은 우리의 미래에 극도로 안 좋을 거야. 이건 소규태의 문제이기도 하지만, 장기적으로 보면 사실 우리의 문제이기도 해."

"어째서?"

"우리가 뭘 하든 저들은 우리에게 빨갱이라는 프레임을 씌우려고 할 테니까."

"하지만 우리는 올바른 일을 하려고 하는 거잖아?"

"올바른 일은 주관적인 거야. 가해자의 입장에서는 우리가 하는 행동이 올바를 리 없지. 그리고 말이야, 우리가 미래에 누구를 대상으로 싸워야 하는지 모르는 건 아니지?"

"아……."

최재철. 현 정권의 실세이자 미래의 대통령.

"그와 싸울 때, 그는 분명히 우리에게 빨갱이라는 프레임을 씌울 거야. 이번에 그 이야기가 나왔으니 우리가 아주 오랫동안 빨갱이였으며 종북이었다는 식으로 우리를 매도할 테지."

"하지만 그건 사실이 아니잖아?"

"정치에서 사실 따위는 아무런 의미가 없어."

정치에서는 올바름이란 없다.

그래서 노형진이 정치와 거리를 두고 싶어 했던 것이다.

"정치에서 필요한 건 오로지 이권과 이념뿐이야. 특히 우리나라는 그렇지."

보수인 사람들은 진보인 사람들을 빨갱이나 종북주의자로 몰아가면서 말도 안 되는 죄를 뒤집어씌운다.

반대로 진보라는 사람들은 현 보수 정권의 시작이 친일파였던 점을 꼬집어서 친일파, 또는 꼴통이라고 주장한다.

"우리나라는 정책 선거가 아니라 이미지 선거야. 온갖 패악질을 다 해도 순간 이미지만 잘 포장하면 표를 받게 되어 있어."

가령 10년간 바른말 하고 올바르게 정치한 정치인과, 정치권에 들어온 지 얼마 안 됐지만 말 잘하고 방송국에서 밀어주는 정치인이 싸우면, 이기는 것은 말 잘하고 방송국에서 밀어주는 사람이 된다.

그가 범법자이든 후안무치한 인간이든 사이코패스든, 그건 누구도 신경 쓰지 않는다.

"그러면 어떻게 해? 그냥 둬?"

"글쎄…… 이기는 거야 문제가 안 되는데……."

이기는 거야 문제가 안 된다.

하지만 자신들을 위해서는 이 문제를 확실하게 해결해야 한다.

'종북 프레임은 상당히 오래간단 말이지.'

한번 종북으로 못 박혀 버리면, 바른말만 하면 바로 종북이라는 말이 튀어나온다.

특히나 새론은 친서민 기조를 유지하는 것으로 유명하다.

당연히 상대적으로 가진 사람들과 소송할 때가 많은데, 그렇게 되면 분명히 그때마다 종북이라는 터무니없는 프레임을 뒤집어씌우려고 할 것이다.

'웃긴 일이지.'

노형진은 그 부분까지 생각하고는 머리를 절레절레 흔들었다.

물론 노형진도 안다, 종북주의자가 없는 건 아니라는 것을.

분명히 한국은 북한과 전쟁 중이고, 또 간첩도 있으며, 나라가 이렇게 발달하는 상황에서조차 북한이 더 우월하다고 주장하는 종북주의자들은 존재한다.

하지만 정확히 그들을 지칭해야 하는 단어가 어느 틈엔가 나라의 정책에 대해서 조금이라도 반론을 제기하거나 잘못된 것을 지적하는 사람들에게까지 씌워지기 시작했다.

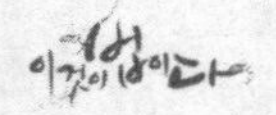

"방법이 없는 거야?"
"방법이 없는 건 아닌데."
"헐? 벌써 찾았어?"
"그래."
"그럼 하면 되잖아?"
"아…… 이 방법이 상당히 예민한 거라……."
"예민?"
"응."
"왜?"
"정치는, 누군가에게 불리한 것은 누군가에게 유리한 법이니까."
"아아……."
현 정권이 줄기차게 빽하면 종북이라고 악을 쓰고 있는데 만일 여기서 자신들이 그걸 깨 버리면 영 사이가 좋아질 수가 없다.
더군다나 상대방 진영에 확실하게 유리할 수밖에 없다.
"그렇다고 안 할 거야?"
"하려면 진보 측 인사의 도움을 받아야 하는데…… 과연 소규태가 용납해 줄까?"
"응? 진보 측 인사의 도움을 받아야 한다고? 왜? 그들은 못 하는 거야?"
"누구? 소규태하고 청년보수협회?"

"응."

"안 돼. 그들은 보수에 속하는 사람이야. 물론 보수에 속한 사람이어도 할 수는 있지. 법적으로도 자격이 있고. 하지만 말이야, 만일 이 작전을 쓰면 그들은 퇴출될걸."

"어째서?"

"그만큼 보수 쪽에는 부담이 되는 작전이니까."

'어떻게 보면 보수에 치명적일 수도 있는 작전이란 말이지.'

노형진이 봤을 때 소규태와 청년보수협회는 대한민국에 얼마 없는 진정한 의미의 보수이며, 합리적 보수의 모습을 보이고 있었다.

그러나 이 방법은 상당히 변칙적이고 공격적이어서, 만일 그들이 이 방법을 쓰면 그들은 보수계에서 퇴출당하지 않을 수가 없다.

'정치적인 후퇴를 불러올 거야.'

안 그래도 합리적이고 정상적인 보수보다는 말도 안 되는 주장으로 자신의 이득만 챙기는 극우, 아니 이권 단체들이 목소리를 높이고 있는 시점이다.

조금 편하자고 정치의 미래가 될 수 있는 합리주의자들을 내칠 수는 없는 노릇이다.

그리고 이슈화시키기 위해서라도 그건 좋은 생각이 아니었다.

"일단은 도움을 청해 봐야지."

⚖

"대신할 수 있는 사람요?"

"네. 가능하면 정치인이 좋겠습니다. 당연히 반대쪽 인물이어야 하고요."

"반대쪽이라 하시면?"

"진보 측 사람이겠지요. 자칭 보수들의 총공세를 받아도 눈 하나 깜짝하지 않을 정도로 강한 사람이었으면 좋겠습니다."

"그런 사람이 있을 리가……."

소규태는 눈을 찌푸리면서 말했다.

그런 사람이 있을 리 없지 않은가?

"빨갱이 논리에 밀려서 좋을 사람은 없는데요?"

"그러니까요. 그런 사람을 혹시 압니까?"

"하지만……."

소규태는 다른 사람도 아니고 진보 측 사람들에게 보수의 부패를 알리는 것은 그다지 내키지 않는 듯 망설이는 얼굴이었다.

"어차피 이건 개인의 부패입니다. 개인의 부패를 감추려다가 이 꼴이 났는데 계속 그렇게 둘 수는 없지 않습니까?"

"그거야 그렇지만……."

"개개인의 부패를 감출수록 보수는 더 빨리 부패할 겁니다."
"하아……."
"그리고 어차피 이 정도는 괜찮습니다. 곧 이것보다 더한 부패가 드러날 테니까요."
"네? 그게 무슨 말인지……?"
노형진은 아차 했다.
미래에 있을 특정 사건, 그 사건으로 한국의 보수는 거의 목이 날아갈 뻔했다.
"어차피 더 큰 부패 덩어리들이 있는데 감추기만 해서는 안 된다는 뜻입니다."
노형진은 대충 에둘러서 말했고, 그는 눈을 찌푸리다가 결국 결심한 듯 한 사람을 추천했다.
"그럴 사람이 딱 한 사람 있습니다."
"누군데요?"
"유찬성 의원이라는 사람입니다."
"유찬성?"
"보수에서 변재량이 탱커라면, 진보 측에서는 그가 탱커입니다. 매일 아침부터 저녁까지 듣는 말이 빨갱이라는 소리이니 그라면 별로 새삼스러울 게 없을 겁니다."
그런 사람이라면 신경도 안 쓸 뿐만 아니라 자신의 계획에 따라서 가짜 보수들에게 한 방 먹이는 것을 주저하지 않을 것이다.

"좋습니다. 그분을 한번 만나 보지요."

노형진은 가능하면 빨리 일을 진행하기로 했다.

⚖

"빨갱이 놀음을 막을 수 있다?"

그들의 정치적 프레임에 피해를 입는 사람들은 과연 누굴까?

국민도 국민이지만, 당연히 반대쪽 정당 사람들이다.

"네. 여러분들도 아실 텐데요."

"그거야 그렇지."

유찬성 의원은 곤혹스러운 듯 말했다.

그는 4선 의원으로, 중견 의원이다. 그리고 종북이니 빨갱이니 하는 공격을 가장 많이 받는 사람이다.

그가 반대쪽 정당에서 공격형 의원인 점도 있지만, 그의 부모가 6.25 당시에 북한에서 도망쳐 왔다는 것이 그 이유였다.

공산주의가 싫어서 도망쳐 왔는데 공산주의자라고 모함당하고 있는 것이다.

"저희도 의원님과 비슷한 고민을 하고 있거든요."

"고민?"

"빨갱이라고 공격받고 있지요."

노형진은 간단하게 자초지종을 설명했고, 유찬성 의원은 머리가 지끈거리는 듯한 이마를 붙잡고 흔들었다.

"이놈의 새끼들은 진짜 답이 없군. 아군이고 뭐고, 그냥 일단 빨간색부터 칠한다 이건가?"

"고민이 많은가 보군요."

"죽을 맛이지요."

보수라고 해서 다 병신은 아니다. 올바른 정치를 하는 사람도 있고 또 정상적으로 판단하는 사람도 있다.

그리고 유찬성이 아는 한, 청보협은 얼마 안 되는 정책형 보수를 주장하는 사람들로 제대로 된 보수라고 할 수 있는 집단이다.

"그런데 그런 사람들이 저런 사람들 때문에 질려서 정치에서 나가 버려요. 합리적 보수주의자는 말이라도 통하지, 이런 정치적 이권 단체는 말도 안 통합니다."

그래서 결국 남는 건 쓰레기뿐인 꼴이 되는 것이다.

"보수는 부패로 망하고 진보는 분열로 망한다는 말이 그냥 생긴 건 아니지요."

"끄응……."

어찌 되었건 확실한 것은 그들의 행동이 상당히 문제가 된다는 것이다.

"나야 정치인이고 그렇다고 쳐도, 새론은 머리가 아프겠습니다."

"그래서 의원님이 저희 대신에 총을 좀 맞아 주셨으면 합니다."

"총? 나보고 암살당하라는 소리요?"

"아니요. 몸빵 하시라는 거죠."

"허?"

기가 막히다는 표정이 되는 유찬성 의원.

대놓고 몸빵 하라는 인간을 보는 건 또 처음이었다.

"원래 그런 걸 즐기시는 편 아닙니까?"

"내가 무슨 마조히스트요, 그런 걸 즐기게? 하다 보니 어쩔 수 없이 하게 되는 거지."

자신이 무슨 말만 하면 빨갱이니 종북이니 하는 소리가 날아온다. 그런데 자신이 그걸 원해서 그런 소리를 듣는 게 아니다. 다른 의원이 제대로 일을 안 하니까 자신이 하게 되는 것이다.

웃긴 일이지만 같은 정당 내에서도 세력이 나뉘어 있다.

유찬성 의원 같은 경우는 상당한 소신파이지만 좋은 게 좋은 거라고, 말이 반대쪽 의원이지 그냥 권력을 누리는 데에만 집중하고 있는 인간도 많다.

"그런 놈들이 제대로 말을 안 하니까 내가 하는 수밖에 없잖소?"

야당의 존재 의의는 현 정부를 견제하고 균형을 맞추는 것이다. 칭찬할 만한 건 칭찬하고 반대할 만한 건 반대해야 한다.

"그런데 똥구멍 빨아 주는 놈들은 많아도 쓴소리하는 놈들은 적은 법이거든."

"이해했습니다."

현 정권과 친해지고 이권을 챙기고자 하는 인사들이 야당이라고 해서 없는 게 아니다. 당연히 그들은 칭찬을 할지언정 잘못된 것을 잘못되었다고 하지 않는다.

방송에서는 적대적으로 행동하지만 조금만 벗어나면 같이 술을 마시며 어울리는 놈들도 있다.

"그러니 내가 소위 말하는 총대를 메는 거지. 그래서 그딴 말도 안 되는 소리를 듣는 거고. 안 그래도 그놈의 빨갱이 소리 좀 안 들었으면 하는데 말이지, 방법이 있다고 하니 들어나 봅시다. 방법이 뭐요?"

노형진은 씩 웃었다.

"그들의 소원을 들어주는 겁니다."

"소원이라고 하면?"

"빨갱이가 되시면 됩니다."

"무슨 말도 안 되는 소리를 하는 거요? 내가 북한에라도 갔다 오라는 거요, 뭐요?"

어이가 없다는 표정이 되는 유찬성.

저들이 빨갱이라고 욕한다고 진짜로 빨갱이가 되라니?

"진짜로 북한을 가거나 종북주의자가 되라는 게 아닙니다. 정확하게 말하면, 직접 조사받으시라는 거지요."

"안 해 봤겠소?"

이미 몇 번이나 조사받았다.

현 정권에서도 그가 편할 리 없으니 어떻게 해서든 털어내려고 몇 번이나 시도했다.

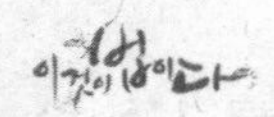

그렇지만 그가 빨갱이가 아닌데 증거가 나올 리 없다.

"그러니까 증거를 달라고 하시는 겁니다."

"허? 무슨 증거? 내가 빨갱이라는 증거?"

"네."

"거참, 기가 막히군. 그런 게 있으면 신고해서 날 벌써 감옥에 넣었겠지."

"맞습니다. 하지만 없지요. 없으니까 못 하는 거지요."

"그게 무슨 해결책이오?"

"본인에게는 없지만 저들은 증거가 있으니 빨갱이라고 주장하는 것 아니겠습니까?"

"응?"

"국가보안법에는 불고지죄라는 조항이 있지요."

"불고지죄?"

"네."

국가보안법, 줄여서 국보법이라 불리는 법에서 불고지죄는 10조의 규정이다.

그 규정에 따르면 '제3조, 제4조, 제5조 제1항 · 제3항(제1항의 미수범에 한한다.) · 제4항의 죄를 범한 자라는 정을 알면서 수사기관 또는 정보기관에 고지하지 아니한 자는 5년 이하의 징역 또는 200만 원 이하의 벌금에 처한다.'라고 되어 있다.

여기에서 3조는 반국가 단체 구성 등에 관련하여 그들을 위해서 일한 자들에 대한 조항이고, 5조 1항과 3항은 그들에게 자금을 지원하는 자들을 처벌하는 규정이다.

"그게 무슨 뜻이오?"

"쉽게 말해서 그들은 의원님이 빨갱이라 주장하고 있습니다. 그리고 그렇게 주장하려면 명백한 증거가 있어야겠지요. 그런데 그들은 정작 빨갱이라 주장하면서도 신고는 하지 않고 있습니다. 그러니 신고하라 이거죠."

"허?"

어이가 없다는 표정이 되는 유찬성 의원.

"진심이오?"

"법적으로 틀린 건 아닌데요?"

"그런가?"

그는 법률 전문가 출신이 아니기 때문에 그런 걸 잘 모른다.

하지만 노형진이 설명해 주자 이해하기 시작했다.

"간단합니다. 말로만 빨갱이라고 할 게 아니라 진짜로 신고하라고 하는 거죠. 말로는 뭔들 못 합니까?"

"하지만 표가……."

"의원님을 빨갱이라 부르는 작자들이 과연 의원님한테 표를 줄까요?"

"그럴 리 없지."

"그러면 결론은 간단합니다."

내가 빨갱이라는 증거를 가지고 있다면 신고를 해라.

간단한 규칙이다. 말뿐만이 아니라 행동으로 자신들의 신

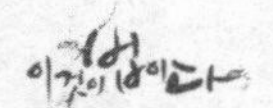

념을 보이라는 것이다.

"그렇게 외치는 사람들은 대부분 증거가 없거든요."

"만일 증거가 있다면?"

"증거 있으십니까?"

"있을 리가 있나?"

할아버지는 북한군에게 참살당했고, 부모님은 그들을 피해 도망쳐 왔다. 그런 그가 북한에 동조할 리 없지 않은가?

"헛소리를 닥치거나 날 고발하라 이건가?"

"정확합니다. 스스로 행동하라 이거지요. 입으로만 욕하지 말고."

"음……."

유찬성은 고민했다.

확실히 고민되기는 한다.

그렇게 한다 해도 그는 손해 보는 것이 없다. 어차피 그들의 표야 유찬성과 상관있는 것도 아니고.

'도리어 날 어필하는 데 도움이 될 수도 있지.'

특히나 진보 측 사람들은 저 빨갱이라는 소리에 질려 버렸다.

그걸 해결할 방법이 있다면 자신에게 유리할 가능성이 높다.

"만일 진짜로 고발하면?"

그런 말에 발끈해서 진짜로 고발하는 놈들이 있을 가능성은 아주 농후하다.

그들은 증거 같은 게 아니라 자신이 빨갱이라는 확신을 가지고 있기 때문에, 일단 고발하면 국정원에서 찾아 줄 거라 생각할 가능성도 높다.

"그러면 도리어 그들이 처벌 대상이 되겠지요."

"뭐로? 무고로?"

"천만에요."

"응? 무고가 안 된다는 거요?"

"물론 무고도 됩니다. 하지만 이 경우는 국보법이 특별법적 지위로 우선되어 적용됩니다. 이 경우 적용되는 법 조항은 국보법 12조가 되겠군요."

국보법 12조는 무고와 날조에 관련된 조항으로, '① 타인으로 하여금 형사처분을 받게 할 목적으로 이 법의 죄에 대하여 무고 또는 위증을 하거나 증거를 날조 · 인멸 · 은닉한 자는 그 각조에 정한 형에 처한다. ② 범죄 수사 또는 정보의 직무에 종사하는 공무원이나 이를 보조하는 자 또는 이를 지휘하는 자가 직권을 남용하여 제1항의 행위를 한 때에도 제1항의 형과 같다. 다만, 그 법정형의 최저가 2년 미만일 때에는 이를 2년으로 한다.'라는 내용이다.

"쉽게 말해서 누군가를 간첩으로 누명을 씌우려고 허위 고발을 한다면 신고한 죄목과 동일한 처벌을 받아야 한다는 뜻이지요."

"그렇게 된다면?"

"도리어 자신이 국가보안법 위반이 되는 거지요."

"하지만 내가 고발하게 되면 내가 무고가 될 수 있는 거

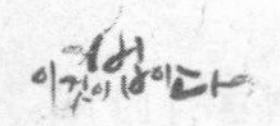

아니오?"

"될 리 없지요. 그들이 스스로 의원님을 빨갱이라고 주장하고 다녔습니다. 그러니 무고는 성립하지 않습니다."

"응?"

그게 무슨 뜻인가 하고 생각하던 유찬성은 크게 웃었다.

"크하하하!"

간단한 방법이지만 반대로 엄청난 효과를 발휘할 방법이다.

지긋지긋한 가짜 뉴스에서 벗어날 수 있을 뿐만 아니라, 자신들의 정적에게도 크게 한 방 먹일 수 있는 방법.

"좋은 생각이군."

물론 초반에는 욕을 먹을지도 모른다.

하지만 어차피 자신은 끊임없이 욕을 먹고 있다. 조금 더 먹는다고 바뀌는 것은 없다.

"그런 거라면 그쪽에서 해도 될 텐데?"

하지만 그의 정치적 감각은 노형진이 착해서 여기까지 온 건 아니라는 것을 확실하게 경고하고 있었다.

"우리나라에서는 내부 고발이 좋은 꼴을 못 보거든요."

"내부 고발이라……."

짧은 말이지만 그 안에서 담긴 의미는 많았다.

빨갱이 놀음과 종북 프레임은 자칭 보수라 주장하는 이권 단체들의 가장 큰 무기다.

만일 이게 사라지게 된다면, 아무리 보수 단체라고 하지만 그들이 청보협을 그냥 둘 리 없다.

당연히 청보협과 같이 합리적 보수를 주장하는 사람들을 박멸하려고 할 테고, 현 상황에서는 그들은 자신들을 지킬 수가 없다. 그렇다고 정치적 노선이 다른 자신들에게 와서 붙을 리도 없고.

"음……."

그는 잠깐 고민했다.

하지만 이번 일은 아무리 봐도 실보다는 득이 많았다.

'안 그래도 인터넷이 자꾸 우경화되면서 고민이 많았는데 말이야.'

마치 놀이처럼 일단 종북이라는 프레임을 씌우는 것이 빠르게 퍼지고 있어 그로 인해 진보 측 인사들은 골치 아파하고 있었다.

"저희는 그저 의뢰를 받을 뿐입니다."

노형진은 슬며시 물러났다.

소송도 다른 곳에서 하면 좋겠지만 애석하게도 이런 소송을 다른 곳에서 해 줄 가능성은 낮다.

너도나도 현 정권의 눈치를 보고 있기 때문이다.

"좋소."

유찬성의 마음은 빠르게 결정되었다.

"그 지긋지긋한 소리에 벗어날 수 있겠군."

그의 얼굴에 미소가 떠올랐다.

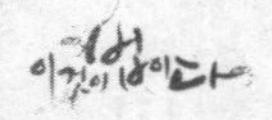

# 조작질 하지 마라

"빨갱이는 물러나라!"

"저 빨갱이 새끼를 죽이자!"

사람들은 고래고래 소리를 지르고 있었다.

일부 사람들은 그 모습을 보고 눈을 찌푸렸지만 그들과 싸우거나 하지는 않았다.

"똥이 무서워서 피하나? 더러워서 피하지."

그들이 제정신이 아니라는 것은 알고 있다.

그들은 자신을 반대하면 무조건 빨갱이라 생각하고 종북이라 생각한다.

사실 자기가 생각하는 거야 안 말리는데, 그걸 말리는 사람에게 위해까지 끼치니까 문제인 것이다.

"그만하시지요."

건장한 남자들 몇몇이 청년보수협회 사무실 앞에서 시위하는 사람들에게 다가왔다.

그러자 그들은 눈에 불을 켰다.

"뭐라는 거야!"

"대가리에 피도 안 마른 어린놈의 새끼가!"

"허?"

남자들은 혀를 끌끌 찼다.

대가리에 피가 안 마르다니. 자신들의 나이가 마흔이 넘었는데 말이다.

"경찰입니다. 신고가 들어왔습니다."

"어떤 빨갱이 새끼가 신고한 거야!"

"잡아 족치자!"

"애새끼들아! 내가 6.25 때 사선을 넘나들면서 전선을 지켰어! 그런데 나라가 빨갱이한테 넘어가게 생겼는데 그냥 가만히 있을 수 있겠어?"

그중 한 명이 고래고래 소리를 질렀다.

그 남자들과 함께 온 노형진은 그를 보면서 피식하고 비웃음을 흘렸다.

"죄송합니다만, 연세가?"

"일흔 살이다! 왜!"

"그러면…… 6.25 때 여덟 살쯤 되셨겠네요? 그런데 전선이 뭐라고요?"

그는 약간 당황했다.

사실 그 당시에는 전선을 지키긴커녕 세상모르고 피난 다니기 바빴던 것이다.

논리적으로 밀린다고 생각하자 그들은 다시 자신들의 주장을 외쳐 대기 시작했다.

"빨갱이는 물러나라!"

"빨갱이를 물리치자!"

"종북 기업 반성하라!"

"그만하세요. 시끄럽다고 신고 들어온 거 아니니까."

경찰들은 이야기하면서 약간은 곤혹스러웠다.

그럴 수밖에 없는 게, 신고 내용이 이만저만 심각한 게 아니었기 때문이다.

"당신들이 종북주의자 및 공산주의자를 감춰 주고 있다는 신고가 들어왔습니다."

"뭐? 말도 안 되는 소리!"

"개소리하지 마!"

당연히 그들은 말도 안 된다면서 펄쩍 뛰었다.

종북주의자와 북한으로부터 나라를 지키기 위해서 이렇게 목소리를 높이고 있는데 자신들이 그들을 감춰 준다니?

"그렇다면 왜 저들을 고발하지 않으세요?"

노형진은 그들을 도발했다.

어차피 저들은 외통수이고 벗어날 길은 없다. 그러니 이쪽에서 도망갈 이유는 없다.

"뭐라고?"

"그렇잖습니까? 저들이 빨갱이이고 종북이라면서요? 그렇다면 당연히 신고해야 하는 거 아닙니까? 그런데 정작 외치기만 하시고 신고는 하지 않으셨잖아요? 그거 국가보안법 위반입니다."

"아니, 그게 왜 국가보안법 위반이야?"

"국가보안법에 불고지죄라는 게 있지요."

노형진은 차근차근 설명해 줬다.

상대방이 종북주의자이거나 그들과 함께하는 집단인 경우 대한민국 국민은 그 신고를 할 의무가 있다는 것. 그리고 그게 국보법상에서 명확하게 표시되어 있다는 것.

그걸 이야기하는 것은 어려운 것이 아니었다.

"그런데 왜 저 사람들을 신고하지 않으세요?"

"그거야……."

순간 거기 있던 노인들은 말문이 막혔다.

'할 말이 없겠지.'

대부분 주변에서 뭐라고 하면 빨갱이라고 주장하면서 말을 안 듣는다. 그래서 설득을 하려고 하는 사람들은 결국 제풀에 나가떨어진다.

하지만 이건 설득의 문제가 아니다.

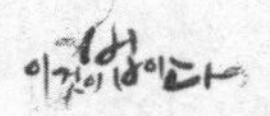

"저들이 빨갱이라면서요?"
"당연하지!"
그렇지 않다면 변재량 의원을 고소할 리 없지 않은가?
그들은 이 모든 게 빨갱이들의 음모라고 생각하고 있었다.
"그렇다면 신고를 해야지요. 왜 신고를 안 합니까?"
"증거가 부족하니까……."
"증거가 부족하다면 저들이 빨갱이가 아닐 가능성도 존재하겠네요?"
"아니야! 빨갱이야!"
"그런데 왜 신고를 안 하세요?"
"그거야…… 증거가……."
"도돌이표가 되어 가는 것 같은데 간단하게, 여기서 빨갱이라고 떠들 게 아니라 신고하면 국가보안법 위반으로 처벌받을 텐데요? 그리고 증거가 부족하다면서 빨갱이로 몰아가면 안 되는 거지요. 만일 신고해서 아니라고 하면 저들은 빨갱이가 아닌 거고요."
지극히 논리적이고 합당한 과정의 의견이자 추론이다.
지금까지 숫자와 목소리로 상대방을 압도했던 이들에게 있어서는 가장 상대하기 애매한 타입이었다.
'이런 사람들은 대부분 비슷한 공격 패턴을 가지는 법이지.'
언제나 압도적 숫자와 막무가내로 상대방을 억압하고, 상대방은 '똥이 무서워서 피하냐, 더러워서 피하지.'라는 심정으로 그들과 말을 섞지도 않는다.

그러면 그들은 당연히 자신들이 이겼다는 정신 승리를 시전하면서 더욱 언성을 높였다.

"우리나라에 빨갱이가 없다는 거야!"

"누가 우리나라에 빨갱이가 없다고 하던가요? 있지요. 간첩도 있고, 매국노도 있고, 친중파도 있고, 친일파도 있지요. 하물며 종북이라고 없겠습니까? 하지만 여러분들은 저들이 확실한 종북주의자라고 주장하고 계시잖아요? 그러면 그 증거를 내놓으셔야지요."

"……."

소위 말하는 팩트로 공격당하자 그들은 서로를 바라볼 뿐 뭐라고 하지 못했다.

평소라면 빨갱이 공격으로 입 다물게 했지만 지금은 그 공격 수단이 공격받는 상황이라 그걸 쓸 수도 없다.

"크흠, 저 작자들이 변재량 의원을 고소했단 말이야! 그분이 누구신데! 이 나라를 위해서 목숨 바쳐서 일하는 분인데!"

그나마 대표로 보이는 사람이 나와서 반격하자 다들 고개를 끄덕거리면서 그에게 힘을 모아 주려고 했다.

"그분이 이 나라의 민주주의를 위해서 얼마나 노력하신 분인데 저놈들이 은혜도 모르고 고소했다고! 그러니 우리가 이렇게 분노하지 않을 수가 있겠나! 안 그렇습니까, 여러분!"

"맞습니다!"

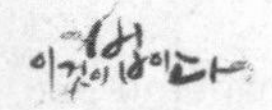

"빨갱이를 척살하자!"

마지막에 말을 바꾸면서 뒤에 있는 세력을 자랑하는 남자.

하지만 그런다고 해서 노형진이 겁을 먹거나 물러날 리 없다.

"그러니까 민주주의의 투사인 변재량 의원의 범죄 사실을 고소해서 빨갱이라 이거네요?"

"그래!"

"민주주의가 뭔데요?"

"뭐?"

"민주주의가 뭐냐구요."

"민주주의가 민주주의지, 뭔가?"

이들은 민주주의가 뭔지 제대로 교육을 받은 세대가 아니다.

물론 개략적으로 민주주의라는 것을 알기는 하겠지만 논리적으로 대답하라면 제대로 대답하지는 못하는 세대인 것이다.

왜냐하면 그들이 자라고 배운 시절은 민주주의 시절이 아니라 독재의 시대인데, 그때는 말로만 민주주의를 할 뿐 실제로는 민주주의를 배척하던 시대였으니까.

"대한민국 헌법 제1조, 모든 권리는 국민으로부터 나온다. 이게 민주주의의 가장 큰 핵심이며 모토이지요. 사실 이 한마디가 민주주의를 표현하는 가장 확실한 말이기도 하지요."

"맞아! 내 말이 그거라니까! 변재량 의원이 그걸 지키기 위해서 얼마나 노력했는데!"

"뭐, 그분의 노력은 이번 사건과 관련이 없으니 넘어간다고 쳐도, 그렇다면 국민 개개인은 자신을 위해서 법적인 권리 수호에 나설 수 있다는 게 핵심이겠네요? 민주주의국가에서 개개인의 권리를 부정할 수는 없으니까요. 그건 여러분들이 부정하는 공산주의 국가에서의 규칙이니까."

"당연하지!"

"그렇다면 변재량 의원의 범죄행위로 인해서 고소를 진행한 젊은 사람들의 권한은 민주주의에 기초한 것이겠네요?"

"젊은 놈들이 뭘 안다고!"

"모든 권리는 국민으로부터 나온다, 이건 나이 든 사람만의 이야기가 아닐 텐데요?"

"우리가 목숨 걸고 나라를 지켰는데!"

"여덟 살 때요?"

"……."

시위하던 노인들이 노형진에게 처참하게 발리는 모습을 보면서, 뒤에 서 있던 손채림은 자신도 모르게 혀를 끌끌 찼다.

"아니, 세상에 말발로 변호사한테 덤비는 사람이 어디 있대요?"

"내가 봐서는 변호사가 문제가 아니라 노형진이라는 사람이 문제인 것 같은데요. 이건 완전히 팩트 폭력 정도가 아니라 학살이네요, 팩트 학살."

같이 온 경찰도 손채림의 말에 수긍한다는 듯 고개를 끄덕거렸다.

"저는 민주주의를 신봉합니다. 그리고 그 권리를 신봉하지요. 변재량 의원에게 범법 행위의 의혹이 있다면 당연히 신고당할 수도 있고, 만일 조작된 사실이라면 변재량 의원은 무고죄로 상대방의 처벌을 요구할 수 있습니다. 그게 민주주의 아닌가요?"

"우리 의원님한테 그러면 안 되지! 증거 있어? 증거 있냐고!"

"증거는 물론 증인도 충분합니다. 성추행 장면이 찍혀 있는 CCTV 영상도 확보했고, 녹음 내역과 출금 내역도 있습니다."

"아무리 그래도 그러면 안 되지! 나라를 위해서 일하는 국회의원인 분인데!"

"대한민국 헌법 제7조. 1항, 공무원은 국민 전체에 대한 봉사자이며, 국민에 대하여 책임을 진다. 그리고 국회의원은 법률로 정한 선출직 공! 무! 원! 입니다. 법적으로 본다면 국회의원은 국민들의 상위 존재가 아니라 봉사자로서 하위 개념에 가깝지요."

"어디 버러지 같은 아랫것이!"

"'제11조 1항, 모든 국민은 법 앞에 평등하다. 누구든지 성별 · 종교 또는 사회적 신분에 의하여 정치적 · 경제적 · 사회적 · 문화적 생활의 모든 영역에 있어서 차별을 받지 아니한다.'라고 되어 있습니다. 우리가 왜 아랫것입니까, 우리가 뽑아 준 공무원들인데?"

하는 말마다 막혀 버리자 그들은 꿀 먹은 벙어리처럼 눈만 데굴데굴 굴렸다.

"거 몇 푼이나 한다고……."

누군가 나지막하게 한 말.

"의원님이 정치를 하려면 돈이 얼마나 드는데, 아랫사람이 줄 수도 있지."

그 말을 들으면서 노형진은 한숨이 나왔다.

"모르는 게 아니구먼."

차라리 이들이 자세한 정보를 모르고 설쳤다면 속아서 그런 거라고 이해라도 하지, 딱 봐도 이들은 알고 있었던 것이다.

그렇다면 이들은 애초부터 답이 없는 사람들이라는 소리다.

"일을 한 청년들의 임금이었고 또 생활해야 하는 돈이었습니다. 그걸 빼앗으면 안 되는 거지요."

"큰일을 하다 보면 누군가는 손해를 볼 수도 있지!"

"그래요? 그러면 그들의 돈은 돈이 아니라는 겁니까?"

"당연하지! 젊은 놈들은 그걸 몰라! 더 큰 것을 위해서 자기 걸 포기할 줄도 알아야지!"

"그렇군요."

노형진은 차가운 눈빛으로 그들을 노려보았다.

"참 보다 보니 어이가 없네요."

"뭐?"

"헌법을 부정하고 신분제를 주장하며 개개인의 권리를 인

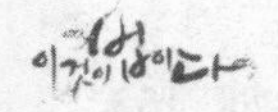

정하지 않고 자본주의를 인정하지 않는다라……."

노형진은 잠깐 침묵을 지키다가 천천히 입을 열었다.

"당신들, 빨갱이 아냐?"

"아니, 무슨 말을 그렇게 해!"

"그렇잖아? 헌법 부정에 신분제 주장에 권리 인정 안 하고 자본주의 부정이라는 게 북한의 논조잖아! 그렇지?"

"어어어……."

확실히 그렇다.

북한은 철저하게 신분제를 나눠서, 수도인 평양에서 살 수 있는 것은 출신 성분이 좋은 사람들뿐이다. 당연히 권리 따위는 없고 개인의 자본도 인정하지 않는다.

거기에다 대한민국 헌법을 부정했다.

"그러면 이거 불고지죄로 고소해야 하는 게 아니라 반국가 단체 구성으로 고소해야겠는데?"

"반국가 단체 구성?"

"그렇잖아? 그런 목적으로 뭉쳐서 난리를 피우고 있는데 그러면 반국가 단체 구성이지, 뭐야?"

다들 당황했다.

물론 대부분의 사람들은 이해하지 못한다는 표정이었지만, 이 시위를 주도하던 몇몇의 얼굴에는 당혹한 표정이 드러나고 있었다.

그래서 어느 틈엔가 노형진이 반말로 말하고 있음에도 불구하고 뭐라고 하지 못했다.

'그래, 이런 게 자가당착이라는 거다.'

자기들이 주장한 것은 대한민국을 부정하는 행동들이다.

그러니 그걸 인정하면 반국가 단체가 되어 버리고, 그렇다고 그 행동을 인정하지 않으면 자신들이 한 행동이 명백한 불법행위가 되어 버린다.

어느 쪽이든 독박이다.

"당신들이 한 말은 당신들이 반국가 단체이고 민주주의를 부정한다는 뜻이야. 알고나 떠든 거야?"

"그……."

"아니면 어쩔 건데? 뭐, 우리를 고소라도 할 거야?"

노형진이 슬슬 신경을 긁어내자 결국 그들은 폭발하고 말았다.

"고발하고 만다!"

"그래, 고발한다!"

"저 빨갱이를 고발하자!"

폭발해서 고래고래 소리를 지르는 그들을 보면서 노형진은 속으로 환호성을 질렀다.

⚖

"멍석을 깔아 줘도 못 한더니. 이번에는 깔아 주니까 잘하네."

유찬성 의원은 상당히 흡족한 표정이 되었다.
"효과가 있나 보군요."
"욕은 많이 먹고 있지. 하지만 빨갱이 소리는 많이 들어갔네."
"대부분의 빨갱이 주장론자들은 그냥 남을 따라 하는 것뿐이거든요."
유찬성 의원이 국가보안법으로 고발하겠다고 하자 많은 사람들이 욕을 했다.
하지만 정작 욕을 하면서도 빨갱이니 종북주의자니 하는 소리는 쏘옥 들어갔다.
심지어 기존에 있던 글들까지 서둘러서 지워지고 있는 것이 확연히 드러났다.
"이런 정치적인 모욕은 유행이거든요."
"유행?"
"네. 악플과 비슷합니다. 공격해도 된다고 인식하는 순간 무차별적으로 스트레스를 푸는 대상이 됩니다."
지난번에 한 악플러들과 비슷한 심리를 가지고 있는 게 정치적 공격이다.
누군가가 공격해도 된다고 생각하면 그를 공격하는 게 정의라고 생각하는 거다.
"전임 대통령 때 있던 일을 생각해 보세요."
"하긴."
그는 얼굴을 찌푸렸다.

그 당시 유행하던 말이 바로 '대통령 때문이다.'였다.

이유는 없다. 그냥 무조건 대통령을 탓하는 거다.

간단한 사고부터 말도 안 되는 주장까지, 오로지 대통령을 까 내리고 공격하기 위해서 이용되었다.

심지어 사기를 친 후에 내가 사기를 친 이유는 먹고살기 힘들게 한 대통령 때문이라고 주장한 사기꾼도 있었을 지경.

"공격해도 되는 대상으로 인식하면 끝장이다 이거군."

"네. 선택적 분노 조절 장애와 비슷한 거죠."

"선택적 분노 조절 장애? 그게 가능해? 애초에 선택적으로 분노 조절을 할 수 있다면 그건 분노 조절 장애가 아닌데?"

"진짜 병이 아니라, 인터넷에서 그런 인간들을 비꼬는 말입니다."

상대방이 진짜로 무서운 사람이고 자신에게 적극적으로 불이익을 주는 사람이라면 인간은 입을 다문다. 그리고 그의 눈치를 본다.

그러나 상대방이 자신을 배려하고 또 어느 정도 포용력이 있는 사람으로 인식되면 도리어 그를 공격하면서 언성을 높이며 권리를 쟁취하려고 한다.

"전형적으로 강자에게 약하고 약자에게 강한 사람들이군."

"그래서 선택적 분노 조절 장애라고 하는 겁니다."

만만하면 화내고, 무서우면 입 다무는.

"그렇다고 이런 식의 의견이 정치적 논의를 막느냐? 그건 또 아니거든요."

어떤 정책이 마음에 안 든다, 또는 저 정치인은 그냥 마음에 안 든다 같은 식의 말은 얼마든지 가능하다.

그건 정치적인 의견 표현이고, 또 민주주의에서 인정되는 사항이니까.

"하지만 말도 안 되는 종북이니 빨갱이니 하는 주장은 못하게 되는 거지요."

"그렇기는 하지. 그런 말 때문에 선거에서 우리가 영 불리하거든."

자기들끼리 그러는 건 문제가 안 되는데, 그걸 본 아무것도 모르는 사람들 중 일부는 그 말이 진짜인 줄 알게 된다.

그러니 선거에서 불리할 수밖에 없다.

"몇몇 언론이랑 보수 단체에서 뭐라고 하지만, 씹으려면 씹으라지."

유찬성 의원은 피식하고 웃었다.

그럴 수밖에 없는 게, 자신의 지역구가 너무나 확실하기 때문이다.

그들이 아무리 게거품을 물어도 자신의 지역구는 자신에게 몰표를 주는 지역이다. 그러니 자신의 정치적 입지를 위협하지 않는다.

그리고 그게 가능하니까 직접 나서서 몸빵을 하는 것이다.

욕을 아무리 먹어도 어차피 자신의 자리는 확실하니까.

“그나저나, 멍석을 깔아 줬어도 춤 못 추는 놈도 있지만 칼춤 추는 놈들도 있을 텐데요?”

“안 그래도 몇몇 놈들이 국가보안법 위반으로 날 고발했더군. 뭔 깡인지.”

“그들로서는 생각보다 다급한 상황일 테니까요.”

그들의 가장 강력한 무기는 다름 아닌 종북 몰이다.

그런데 그들 중 조금만 지식이 있는 사람이라면 이런 식의 공격이 장기적으로 자신들에게 치명적이라는 것을 알 것이다.

종북 몰이가 불가능해지면 말 그대로 정책과 팩트로 공격해야 하는데, 그건 자신 없을 테니까.

“걱정하지 마세요. 증거가 없는데 자기들이 어쩌겠습니까?”

노형진은 별걱정을 하지 않고 말했다.

하지만 얼마 지나지 않아서 그는 자신이 방심했다는 것을 인정할 수밖에 없었다.

⚖

“증거가 나왔어요?”

노형진은 얼마 후 예상치도 못한 이야기를 들었다.

유찬성이 북한과 내통한 증거가 나왔다는 것이다.

“말도 안 되는 개소리!”

유찬성은 언성을 높였다.

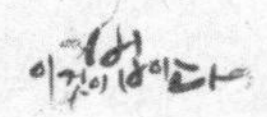

자신이 뭐가 아쉬워서 북한과 내통한단 말인가?

"당장 따져 봐야겠어!"

"아이고, 진정하십시오, 의원님!"

격분하는 유찬성을 말리는 보좌관들을 보면서 노형진은 눈을 찡그렸다.

'저 사람이 종북이라고? 그럴 리 없는데.'

그는 투견이다.

종북이니 빨갱이니 공격받고 있지만 정작 그의 북한에 대한 입장을 정리해 보면, 대화는 하지만 절대로 그들의 정부나 권력자들을 인정하는 쪽이 아니다.

'그가 변절? 아니야.'

그가 유찬성을 몸빵으로 결정한 이유는 단순히 그가 도망갈 줄 모르는 타입이라서가 아니다.

그가 정당 내에서도 북한 문제에 대해서는 물러날 줄 모르는 사람으로 분류되었기 때문이다.

그런 그가 종북?

"말도 안 되는 개소리."

"당연히 개소리지! 어떤 개새끼가 그런 말도 안 되는 소리를 하는 거야!"

노형진이 무심코 한 말에 길길이 날뛰는 유찬성.

"진정하세요, 의원님."

"지금 진정하게 생겼어!"

그냥 빨갱이로 불리는 것과 그 증거가 나왔다는 것은 전혀 다른 문제다.

그렇게 불리는 거야 흔하게 있는 일이고 자기 지지자들은 눈도 꿈쩍하지 않지만, 증거가 나오고 진짜로 북한과 내통한 것이 드러나면 자신의 자리가 위험해진다.

"흠……."

"노 변호사! 어떻게 된 거야!"

그의 보좌관 중 한 명이 노형진을 추궁했다.

그러자 유찬성이 그에게 화를 냈다.

"아니, 왜 그쪽에 화를 내는데! 내가 진짜 위반해서 변론 맡긴 거야, 뭐야! 저 새끼들이 뒤집어씌운 거잖아!"

"그거야 그렇지만……."

땀을 뻘뻘 흘리는 보좌관.

그리고 길길이 뛰는 유찬성.

"진정하시고요."

"진정? 지금 진정하게 생겼어?"

"상대방이 조작으로 나온다면 진정해야 살길이 생길 겁니다."

"조작이라니? 하긴, 없는 게 나왔다면 당연히 조작이겠지."

노형진이 일단 진정시키자 유찬성은 눈을 찌푸리면서도 애써 마음을 다잡았다.

"조작 사건이 있었던 것이 처음은 아니지 않습니까?"

다들 움찔했다.

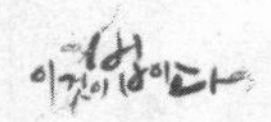

조작을 통해서 상대방을 간첩으로 만드는 행위는 흔하게 있는 일이었다.

심지어 국가 집단인 국정원조차 나서서 그러는 판국에, 보수의 가면을 쓴 이권 집단에서 과연 안 할까?

'미래에도 있는 일이고.'

노형진은 눈을 찌푸렸다.

국정원은 국가를 지키고 국민의 안전을 지켜야 한다.

어둠 속에서 양지를 지향한다.

그게 국정원의 이념이라고 할 수 있다.

그런데 어느 순간 그들은 권력을 위해서 충성을 바치기 시작했고, 그 부작용은 심각했다.

"조작을? 하? 지금 4선 의원인 나한테 조작을 했다고?"

유찬성은 어이가 없다는 표정이 되었다.

일반인을 대상으로 한 조작 사건은 흔하게 벌어졌다. 하지만 4선 의원을 대상으로 한다는 건 절대로 작은 사건이 아니다.

"그만큼 위험한 상황이니까요."

"위험한 상황?"

"네. 저들의 가장 강력한 무기가 뭡니까?"

"당연히 빨갱이 놀음이지."

"그럼 그걸 잃어버리면 어떻게 될까요?"

"아……."

저들은 평소에도 상대방 의원에게 욕을 한다.

특히나 선거철이 되면, 그들에게 종북이라는 소리를 안 듣는 건 불가능에 가깝다.

"하지만 이번 일로 인해서 저들은 자칫 잘못하면 그 말을 못 쓰게 될 수도 있습니다."

저들이 다음 선거 때 또다시 종북을 입에 담는 순간 이쪽에서는 국보법상 불고지죄 위반으로 고발할 가능성이 높은데, 그건 안보와 종북을 무기 삼아서 휘두르던 그들에게 치명적이다.

자신이 국보법 위반 사범이 되는 셈인 데다가 선거가 끝난 후 적당하게 봐주는 다른 명예훼손 등과 다르게 국보법은 국가 안보와 관련해서 강력한 처벌을 기반으로 하기 때문이다.

"아시겠지만 저들은 저러한 종북 놀음으로 매년 정권으로부터 어마어마한 지원을 받고 있습니다."

"그건 그렇지."

정부에 반대하는 사람에게 일단 종북 프레임을 뒤집어씌우고 정부를 대신해서 공격하는 것으로 그들은 지원을 받는다.

"만일 종북 프레임을 뒤집어씌우지 못하고 오로지 정책으로만 승부하게 된다면 그들의 가치는 없는 것이나 마찬가지입니다. 애초에 정책 연구소도 아니고, 그렇다고 국민들에게 폭넓은 지지를 받는 집단도 아니니까요. 저들의 입장에서는 단순히 종북 놀음이 불가능하게 되는 게 아니라, 집단 자체의 생명이 다할 수도 있는 겁니다."

"으음…… 내가 그 생각을 못 했군."

"가장 강력한 무기를 지키기 위해서는 무리해야 할지도 모르는 일입니다. 가만히 눈 뜬 채로 가장 강력한 무기를 잃어버리려고 하지는 않을 테니까요."

"으으으, 이놈들을……."

결국 그들은 자신들의 무기를 지키기 위해서 4선 의원에 대한 조작이라는 터무니없는 짓거리를 시도하게 된 것이다.

"하지만 기회라고 할 수도 있지요."

"기회?"

"네. 이렇게 서둘러서 증거를 조작하면서 저들이 과연 실수를 하지 않았을까요?"

"그게 뭔지 어떻게 알고?"

실수했을 가능성이 높다. 문제는 어디에서 했는지 알 수가 없다는 것.

"다른 사람은 몰라도 전 압니다."

그들의 기억을 읽어 낼 수 있다면 확실하게 알아낼 수 있다. 그리고…….

"역전하게 되겠지요."

노형진은 말을 하면서 주먹을 꾸욱 쥐었다.

유찬성이 종북주의자라면서 증거를 내놓은 집단은 대한민

국 월남참전자협회라는 곳이었다.

그 기록을 떼어 본 노형진은 혀를 끌끌 찼다.

"도대체 이놈의 나라는 검증이라는 걸 하는 거야, 마는 거야?"

"애초에 제대로 검증이 되었다면 저런 가짜 보수들이 판을 치겠습니까?"

소규태는 말을 하면서 무안한 듯 얼굴을 붉혔다.

"그래도 그렇지, 너무하잖아요."

손채림도 그걸 보면서 얼굴을 찡그렸다.

그럴 수밖에 없는 게, 그 단체의 이름은 월남참전자협회다. 공식적 정관에 따르면 월남전에 참전한 사람들의 권익을 위해서 모였다는 건데…….

"월남전이 언제 벌어진 거지?"

"뭐, 기간은 길지만……."

한국군이 참전한 시기는 1965년부터지만 전쟁 자체는 상당히 오래되었다.

그럼 참전한 사람들의 나이를 봐야 하는데, 한국은 징집국가이니 아무리 적게 잡아도 스무 살이다.

그렇다면 아무리 나이가 적다고 해도 60대는 훨씬 넘고 대부분 70대가 되어야 하는데…….

"뭔 놈의 월남 참전자들이 나이가 쉰 살밖에 안 되냐?"

노형진은 한심하다는 듯 말했다.

가입해 있는 대부분의 회원들의 나이가 50대다. 60대나

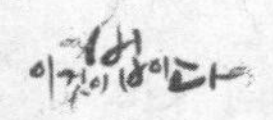

70대는 가뭄에 콩나물 나듯이 드문드문 있었다.

다른 목록을 바라보던 손채림이 어이가 없다는 듯 한 명을 콕 짚었다.

"서른 살짜리는 뭐야? 이쯤이면 자기 아버지가 참전했어야 정상 아냐? 그런데 참전자로 이름이 올라가 있는데?"

실제로 협회에 가입한 사람들은 그 당시에 활동하기는커녕 태어나지조차 않은 이들도 많았다.

"보수에서는 질보다는 양이니까요. 애석하지만 그게 보수의 방식입니다. 양으로 승부하지요. 당연히 정관 따위는 뭐……."

어차피 이들이 진짜로 활동하는 건 아니다. 이름만 올려두고 규모를 키워서 우리는 덩치가 크다, 그러니까 돈을 달라는 식의 단체인 것이다.

"그러니 일단 되는대로 이름을 올려 두는 겁니다. 아마 이 중 절반 이상이 자기는 가입된 것도 모를걸요."

소규태는 씁쓸하게 말했다.

몇 년간 자신이 하지 말라고 그렇게 말했는데도 고쳐지지 않는 방식 중 하나였다.

"그래요?"

"네. 극우, 아니 이권 집단이 보수 측에도 많기는 하지만 이들은 더 극단적입니다."

"그러면 진보는 이런 게 없어?"

"없겠냐."

물론 진보 역시 있다.

하지만 지금 권력을 잡은 곳은 보수 정권이고, 당연히 국가 지원금은 보수 집단에 지급될 것이다.

"이들한테 들어가는 돈이 얼마나 되는데요?"

노형진은 문득 그 점이 궁금했다.

4선 의원에게 증거를 조작해서 들이밀 정도면 적은 건 결코 아닐 텐데.

"제가 듣기로는 매년 한 80억에서 90억 정도 될 거라고 합니다."

"매년 80억에서 90억요?"

"네."

"아니, 이들이 하는 게 뭔데요?"

소규태는 그저 웃고 말았다. 왜냐하면 자기도 모르니까.

공식적으로 보수 단체이고 시위를 주도하거나 하지만, 학술회나 행사 등을 여는 것은 본 적이 없다.

"끄응……."

감사도 안 받고 한 해에 80억에서 90억이라면, 아마 상당수 자금은 빼돌려질 게 뻔한 일.

"일단 이 녀석들부터 어떻게 하는 걸로 계획을 잡아야겠네요."

"그런데 어떻게 하려고요? 그들이 조작했을 가능성은 존재하지만 증명할 방법이 없지 않습니까?"

저들이 내놓은 증거는 유찬성 의원이 북한으로부터 정치

자금 1억을 받았다는 것이다.

그런데 조금만 생각해 보면 이게 얼마나 터무니없는 말인지 알 수가 있다.

자수하거나 잡혀 오는 간첩들의 진술에 따르면 벌써 몇 년째 북한에서는 자금난으로 활동 자금이 오지 않는다고 했다. 그런데 정치자금을 줬다니.

더군다나 대한민국의 4선 의원이면 권력의 핵심 중의 핵심이다.

그런 사람을 꼬드기려면 적어도 수십억대 돈을 줘야 하는데, 그가 미쳤다고 고작 1억에 자신의 정치생명을 내던지겠는가?

"투덜대는 건 그만하고 일단 사건부터 해결하자."

"일단 돈이 들어온 쪽은 일본의 조총련계 계좌야. 그러니 북한의 계좌라고 의심할 수도 있기는 해."

"일본의 조총련이라……."

조총련은 재일조선인총연합회라는 일본 단체로 북한과 연계된 한국인, 아니 조선인 단체다.

당연히 종북 단체이고 한국과는 사이가 안 좋기는 한데.

"조총련이 그런 여력이 될까?"

"응?"

"우리나라 사람들이 잘못 생각하는 것 중 하나가 조총련이라는 단체의 실체야. 무슨 무시무시한 국제적 조직으로 안다니까."

"아니라는 거야?"

"애초에 북한을 추종하는 단체가 그 정도 규모면 북한이 저 꼴이 나겠어?"

조총련이 한때 규모가 크던 시절도 있었다.

그러나 지금의 현실은 자기끼리 뭉쳐서 위로하는 협동조합 수준의 작은 집단에 지나지 않는다.

"과거 70년대에는 규모가 컸지."

그때는 전 세계적으로 공산주의와 민주주의의 대립이 있을 때였고, 조총련은 그러한 공산주의, 특히 북한식 공산주의의 홍보의 장이었다.

"하지만 시대가 바뀌었잖아."

조총련 1세대와 다르게 그다음 세대는 일본에서 교육받고 자라나서 그들과 공감하지 않는다.

설사 어떻게 해서든 유지하기 위해서 조총련계 학교에서 가르친다고 해도 수업을 할 뿐이지, 그들이 친구를 만나고 인터넷을 하는 것까지 막을 수는 없어서 북한의 민낯을 모를 수가 없다.

"지금의 조총련은 과거 같지 않아. 물론 적을 일본에 두고 있으니 북한보다는 좀 더 나을 테지만 말이야."

더군다나 일본은 알게 모르게 한국인에 대한 차별이 심한 나라다.

한국인도 대놓고 차별하는 나라인데 그보다 훨씬 못살고 사이까지 좋지 않은 북한에 대한 대우?

"완전히 개판이지."

당연히 속한 사람들은 대부분 일본에서 소위 말하는 하층민으로 분류되며 정치적 힘도, 자금도 부족하다.

"북한보다 나은 수준이라는 거지 저들의 자금력도 북한과 도긴개긴이야."

그런데 1억씩 준다는 것은 말도 안 된다.

"그런데 왜 1억이나 보낸 거야?"

그건 부정할 수가 없는 사실이다.

이미 정부에서도 확인했고, 계좌 기록에도 남아 있다.

"말했잖아, 돈이 없다고."

"그러니까 내 말이, 돈이 없다면서 돈을 왜 보냈느냐는 거지."

"상대방이 노리는 게 그들이야. 하지만 반대로 말하면, 어느 정도 돈만 준다면 그들의 계좌를 빌리는 건 어려운 게 아니라는 뜻이야."

"아, 그건 생각을 못 했네."

"그들로서도 손해 보는 건 없지."

그들은 북한계 조직이기 때문에 한국에 혼란이 오는 게 좋을 수밖에 없다.

그러니 돈도 벌고 혼란도 불거지는 게 반가울 수밖에.

"설마 그렇게까지……."

"선거에서 이기려고 북한에 미사일 쏴 달라는 사람도 있었는데, 뭘."

"어흠흠……."

듣고 있던 소규태의 얼굴이 붉어졌다.

진짜로 감추고 싶은 보수의 더러운 면이었기 때문이다.

"권력이라는 건 그런 거야."

"하지만 이렇게 간단한 추론만 가지고도 뒤를 캘 수 있는데 이쪽에서 반박을 하는 걸 생각하지 않았을까요?"

소규태는 그 점이 이상했다.

자신들이 조금만 생각해도 이상한 점이 나온다. 재판부에서 과연 그걸 모를까?

"알겠지요."

"그런데요?"

"하지만 법적으로는 방법이 없습니다."

"방법이 없다?"

"네. 시간 끌기라고 하는데, 법조계에서 많이 쓰는 방식이에요. 목표가 승리가 아니라 다른 것일 때 많이 쓰죠."

일단 이 자료는 증거로 제출되었다. 그리고 이쪽에서 그걸 반박해야 한다.

"우리가 이걸 뭘로 반박할 수 있을까요?"

"조총련의 자금 기록이면 충분히 가능할 텐데요?"

"과연 줄까요?"

“어…… 아…… 그렇군요.”

당연히 절대 안 줄 것이다.

그러면 이쪽에서는 일본에다가 소송을 걸어서 그걸 달라고 해야 하는데, 일본 역시 한국처럼 3심제 재판을 한다.

“아마 항소하겠지요.”

그렇게 해서 끝까지 가면 못해도 3년은 걸릴 것이고 더 길게 끌면 5년은 걸릴 것이다.

“당장 유찬성 의원의 정치생명이 걸려 있는 일입니다. 증거를 얻는 데에만 3년이고 그걸 가지고 와서 다시 재판을 해야 하니, 못 잡아도 총기간은 5년쯤 걸릴 겁니다.”

그때쯤이면 유찬성 의원의 정치생명은 끝장난 후가 될 것이다.

“물론 이기기야 하겠지요. 하지만 저들의 목표를 알아야지요.”

저들의 목표는 자신들의 가장 큰 무기인 종북 프레임을 잃어버리지 않는 것이다.

지금 상황에서 유찬성을 종북으로 몰아 버리면 그가 하는 모든 것이 북한을 위해서 하는 행동으로 보일 테니 그들은 종북이 북한을 위해서 우리 입을 막고 있다고 주장할 수 있게 된다.

“물론 정부에서 적극적으로 자료를 요청하면 달라지겠지만…….”

안 그래도 유찬성 의원은 현 정권에 대해서 쓴소리를 하는 사람으로 유명하다.

그런 그를 위해서 정부에서 일본에 자료를 재촉할 거라고 보기에는 무리가 있다.

"웃기네요."

소규태는 왠지 한숨이 나왔다.

"제가 진보주의자랑 함께 싸우는 날이 올 줄이야."

"진보든 보수든, 궁극적인 목적은 국가의 발전입니다. 내 이익이 아니라요. 함께 싸울 줄도 알아야 발전하지요."

"그건 그런데……."

그는 약간 어색한 듯 입맛을 쩝쩝 다셨다.

"그러면 이 문제는 어떻게 하실 겁니까? 계좌 기록을 달라고 해 봐야 줄 것 같지는 않고……."

"그렇다면 다른 쪽으로 뚫어야지요."

"다른 쪽?"

"보낸 사람이 누구인지 모르지만, 서로 통화하고 계좌로 쏴 주는 사이는 아니지 않습니까?"

"네? 그게 무슨 말인지……?"

"역공이라는 거지요. 만일 보수주의자가 종북 단체인 조총련에 돈을 줬다, 과연 사람들은 뭐라고 생각할까요?"

소규태는 띵한 얼굴이 되었다.

일본에서 계좌를 받는 것은 불가능하다. 하지만 한국에서는 가능하다.

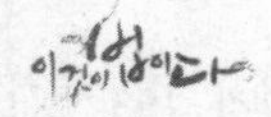

왜냐, 만일 노형진의 예상대로 그들이 조총련으로 돈을 보냈다면 명백하게 국보법 위반 가능성이 존재하기 때문이다.

"중요한 것은 과연 누가 보냈느냐는 거야."

아마도 그들은 자신들이 보냈다는 것을 증명할 길이 없으니까 독박을 씌울 수 있을 거라 생각했을 것이다.

기본적으로 그렇기는 하다.

전형적인, 심증은 있지만 물증은 없는 상황이 되는 것이기 때문이다.

'그렇지만 난 다르지.'

노형진은 넥타이를 다시 정리하면서 씩 웃었다.

알려 주지 않는다면 자신이 알아내면 되는 것이다.

월남참전자협회 사무실 입구에서 노형진은 넥타이를 다시금 고쳐 메면서 물었다.

"오늘 김종하가 사무실에 있다고 했지?"

김종하는 월남참전자협회의 창립자이자 현 대표다.

다시 말하면 이번 사태를 지휘한 것이 그일 가능성이 높다는 뜻이다.

다른 사람도 아니고 4선 국회의원에 대한 간첩 조작 사건이다. 그런 일을 다른 사람에게 시켰을까?

그럴 가능성은 무척이나 낮다.

'뭐, 그가 했는지는 만나 보면 알겠지.'

노형진이 그렇게 생각하면서 넥타이를 만지작거리자 손채림은 한숨을 쉬더니 그를 자기 쪽으로 돌려서 넥타이를 직접 손봐 주면서 물었다

"그래, 그런데 진짜로 알아낼 수 있는 거야?"

"당연하지."

노형진은 씩 웃으면서 말했다.

'이런 일을 개인이 할 리 없지.'

애초에 월남참전자협회가 증거를 내놓은 이상 그들이 관련이 있는 것은 당연한 일이다.

분명히 그들이 빼돌린 돈으로 그런 음모를 짰을 것이다.

'그렇다면 기억을 읽어 내면 그만이다.'

이 사건에서 가장 큰 문제는 상대방이 했는데 증거는 없다는 것.

그걸 추적하는 것은 특정만 하면 충분히 할 수 있는 일이다.

"내가 가서 이야기해 보고 증거를 찾아볼게."

노형진은 그렇게 말하면서 차에서 내려서 사무실로 올라갔다.

"노형진 변호사입니다. 약속하고 왔는데요."

노형진은 웃으면서 접수를 보는 아가씨에게 말했다.

그녀는 힐끗 노형진을 바라보더니 내선으로 통화하고는

안쪽 사무실을 가리켰다.

"들어가세요."

"감사합니다."

노형진이 안으로 들어가자 거기에는 한 남자가 느긋하게 앉아 있었다.

"노형진이라고 합니다."

김종하는 그런 노형진을 보고 갸웃하면서 말했다.

"어리네? 뭐야, 이 노친네가 치매가 들었나? 이런 어린놈을 변호사라고 써?"

다짜고짜 반말로 나오는 그를 보면서 노형진은 왠지 기가 막혔다.

'아니, 변호사라는 직업이 만만해 보이나?'

사실 틀린 말은 아닐 것이다.

그는 보수 집단의 중추적인 역할을 하는 곳의 대표이니 어지간한 사람은 만만해 보일 수밖에 없다.

'그런 식으로 나온다 이거지.'

노형진은 그를 보면서 속으로 미소 지었다.

짧은 틈이지만 그를 판단하는 데 충분한 말이었기 때문이다.

자존심 강하고 욕심이 많으며 남을 깔보는 타입.

약자에게는 강하고 강자에게는 약하게 나오는 타입.

'이런 사람이라면 쥐고 흔드는 건 간단하지.'

이런 사람은 자존심이 강하다. 그러니 자신이 도와 달라고 해 봐야 도와줄 리 없다.
애초에 도와줄 만한 것도 안 되고.
'하지만 이런 타입은 또 갑작스러운 사태를 못 받아들이지.'
애초에 보수라는 것이 변화보다는 현상 유지를 추구한다.
그리고 그는 이권이 붙어 있다고는 하지만, 기본적으로 보수를 추구한다.
즉, 갑작스러운 변화를 인정하지 못한다는 뜻이다.
'그렇다면…….'
그를 쥐고 흔드는 방법은 간단했다.
"그렇게 나오면 좋을 게 없을 텐데?"
"뭐라고? 이 어린놈의 새끼를 보게?"
자신이 유리하다고 생각한 것인지 김종하는 비릿한 비웃음을 흘렸다.
노형진은 그런 그의 얼굴에 정면으로 핵폭탄을 날렸다.
"일본에서 있었던 일을 내가 모를 거라고 생각했나?"
"뭐라고?"
그의 눈썹이 미세하게 흔들렸다.
노형진은 그의 기억을 읽을 수 있는 상황은 아니었지만 그가 무슨 생각을 하는지는 어렵지 않게 알 수 있었다.
'뭔가 찔리는 거군.'
대부분의 사람들은 자신이 한 행동이 특별할 거라 생각한다.
하지만 대부분의 사람들은 비슷한 상황에 비슷한 행동을

하기 마련이다. 특히나 위법한 부분에 있어서는 말이다.

"다른 사람을 보내면 우리가 모를 거라고 생각해?"

"뭔 말도 안 되는 개소리야!"

"개소리가 아니지. 다른 사람을 보내려면 믿을 만한 사람을 보내든가, 제대로 믿을 수도 없는 인간을 보내면서 우리 뒤통수를 치려고 해?"

"뒤통수?"

"그래. 조작이라는 것도, 하려면 제대로 해야지. 본인이 조작한답시고 어설프게 하면 쓰나."

"조작이라니, 무슨 소리야? 난 몰라."

모른다고 딱 잡아뗐지만 그의 목소리는 미세하게 떨리고 있었다.

'그럴 줄 알았다.'

애초에 이런 일을 할 때 김종하 본인이 갈 수는 없는 노릇이다. 그러니 다른 사람을 보내서 할 수밖에 없었을 것이다.

저런 작자들은 자신이 걸리는 것을 끔찍하게 싫어하니까.

"다른 계좌를 쓰면 우리가 모를 거라고 생각했어?"

"다른 계좌라니? 난 몰라."

"그래? 그러면 그 차명 계좌는 그놈이 다 들고튀어도 되겠네?"

"난 모른다니까!"

"그래, 그렇다고 치도록 하지. 우리도 공돈이 생겨서 좋은 거니까."

노형진은 자리에서 일어났다. 그리고 갑작스럽게 그를 포옹하는 듯하면서 확 껴안았다.

갑작스러운 행동에 그는 저항하려고 했지만, 꾸준하게 운동하면서 몸을 관리하는 노형진을 이길 수는 없었다.

더군다나 갑자기 정곡을 찔리는 바람에 상당히 긴장한 상태여서 더욱 그랬다.

“믿을 만한 사람을 믿어야지.”

노형진은 그 상태에서 그의 귀에 얼굴을 대고 나지막하게 중얼거렸다.

“무슨 말도 안 되는…….”

“덕분에 확실한 증거를 구했으니 땡큐라고 해야 하나, 후후후.”

노형진은 그렇게 말하고는 그에게서 몸을 떼어 냈다.

“그러면 법원에서 뵙겠습니다.”

그리고 슬며시 몸을 돌려서 사무실에서 나왔다.

뒤에서 김종하가 멍하니 바라보고 있었지만 노형진은 이미 그곳을 나오고 있는 상황이었다. 그리고 그런 노형진의 얼굴에는 희미한 미소가 떠올라 있었다.

⚖

“찾았어?”

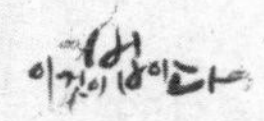

"응."

기억 속에서 김종하는 한 명을 생각하고 있었다.

바로 월남참전자협회의 사무처장.

그는 일본에 가서 이 모든 일을 담당하고 몰래 처리하도록 되어 있었다.

그리고 생각지도 못한 수익도 얻었다.

'이건 소가 뒷걸음질 치려다가 쥐 잡았다고 해야 하나?'

사실 노형진의 원래 계획은 누가 현장에서 조총련과 접촉하고 이 음모를 짰는지 알아내는 것이었다.

그가 진실을 말하게 해서 사건을 뒤집으려고 한 것이다.

그런데 생각지도 못한 사실을 알아냈다.

바로 대만에 감춰진 비밀 계좌에 대한 정보.

그리고 그 계좌에는 그들이 빼돌린 재산이 있다는 기억과 비밀번호.

"그래서 누군지도 알았어?"

"알기는 했어. 아직 일본에 있는 것 같더라고."

"그래? 그럼 가서 잡기만 하면 되는 거야?"

"아니, 안 잡아."

"응?"

계획과 다른 이야기에 손채림은 깜짝 놀랐다.

원래는 그를 잡아서 진실을 세상에 알리는 것이 계획이었으니 말이다.

"생각이 바뀌었어. 나도 조작질 좀 해야겠어."

"헐, 왜?"

"이놈들만 뜯어고쳐 봤자 끝이 없을 거야. 한번 세상을 뒤흔들어야 할 것 같아."

노형진은 그렇게 말하면서 전화기를 들었다.

"아, 고문학 팀장님. 네, 접니다. 사람을 좀 구해 주셔야 할 것 같습니다. 네, 프로로요. 큰 건입니다."

노형진의 눈이 반짝거리고 있었다.

극과 극은 통한다

노형진은 시간을 지체하지 않았다.

바로 일본으로 날아왔고, 고문학이 보낸 소위 전문가들도 노형진과 함께 왔다.

그리고 손채림은 함께 움직이면서 바뀐 계획을 듣고 기겁했다.

"야! 그렇게 하면 대한민국 정부가 난리 나는 거 아니야?"

"난리 나라고 하는 거야. 우리나라는 이런 사회단체에 대한 감시가 너무 소홀해."

지난번에도 한번 비슷한 문제가 있었지만 바뀐 것이 없었다.

도리어 소위 진보 측에 대한 감시는 철저해졌는데 보수 측에 대한 감사는 더 느슨해졌다.

"아무리 그래도 그렇지."

"이참에 한번 뒤집어 놓을 거야."

"뒤집어 놓는 정도가 아니라 피바람이 불 텐데?"

"그러면 좋지. 그러면 청보협같이 제대로 된 단체에 돈이 들어가겠지."

"그거야 그렇지만……."

손채림은 걱정스럽게 말했다.

그럴 수밖에 없는 게, 노형진의 계획대로 된다면 진짜로 대한민국을 뒤흔들고도 남을 상황이었기 때문이다.

"어차피 자기 배에 기름을 채우는 녀석들이야. 애초에 이번 사건에 들어간 돈도 그 돈이고."

노형진이 읽어 낸 기억 속에서 그들이 빼돌린 돈이 무려 60억이었다.

무려 60억이나 있으면서 고작 1억 가지고 사건을 조작하려고 했다는 사실이 노형진은 기가 막혔다.

"그러기 위해서는 가능하면 빨리 움직여야 해."

자신이 김종하를 흔들어 놨으니 김종하는 분명히 일본에 있는 작자와 통화하면서 상황을 이해하려고 할 것이다.

"서로 싸우면 좋겠지만……."

김종하는 바보가 아니다.

자신이 뒤흔들었다고 하지만, 수십 년을 같이 해 먹은 인간에 대한 믿음도 대단했다.

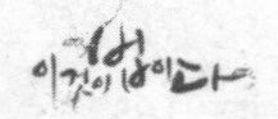

"의심은 하겠지만 진짜라고는 생각하지 않을 거야. 역시 우리가 자신을 흔들기 위해서 이야기를 꺼냈다고 생각할 가능성이 높아."

"틀린 말은 아니잖아?"

"틀린 말은 아니지. 그러니까 문제인 거야."

김종하를 흔들어서 직접 일한 사무처장의 신분을 알아내는 것이 계획이었다.

그리고 좋게 말하면 설득해서, 사실대로 말하면 협박해서 사실을 공개하려고 했다.

"하지만 그들의 믿음은 생각보다 공고해."

하긴 무려 60억대 자금이 감춰진 일이다. 그 정도면 나중에 감옥에 갔다 온다고 해도 떵떵거리면서 잘살 수 있는 돈이다.

그러니 서로 믿을 수밖에 없다.

"조심하라고 경고해 줄지언정 배신하지는 않을 것 같더군."

"그래?"

"그래. 그러니까 가장 확실한 것은, 그들의 컴퓨터를 해킹해서 기록을 뽑아내면 되는 것이겠지."

그냥 돈만 보고 배신해 주면 이쪽이 편해지겠지만, 어찌 되었건 정치적 사건이고 정치적 신념이 붙어 있는 사건에서 배신은 생각보다 쉽게 벌어지지 않는다.

노형진과 손채림이 이야기하는 사이에 차는 한적한 도로

를 달려서 어느 허름한 건물로 들어갔다. 그리고 그곳에 있던 사람은 그들을 차고 안쪽으로 안내했다.

"갑자기 와서 연장 준비하느라고 고생했습니다."

"확실하게 준비는 되었나요?"

"그럼요."

"좋습니다."

사실 일본에도 새론의 지부가 있다.

새론의 해외 진출 및, 제대로 일하지 않는 대사관들 때문에 그들을 대신한 자국민 보호 등 대체 업무와 그 나라에 사는 한국 교민들을 위해서 만들어진 곳이다.

특히나 일본은 다른 나라보다 한국인이 많고 여타 동남아 나라와 다르게 한국인에 대한 차별이 적지 않아서 새론의 지부 또한 규모가 작지 않았다.

당연히 정보 팀도 따로 존재했다.

"위치는 찾았습니까?"

"네. 호텔에서 묵고 있으니까요."

"그럼 바로 가죠."

노형진은 기다리지 않고 그 호텔로 향했다.

사무장이 묵고 있는 호텔은 시내 한복판에 있는, 상당히 고가의 호텔이었다.

"의외네. 이렇게 시내에서 대놓고 지낼 줄은 몰랐는데?"

손채림은 어리둥절한 얼굴이었다.

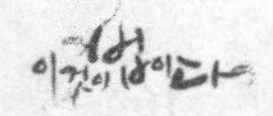

보통 몰래 움직이는 사람들은 이런 곳을 선호하지 않기 때문이다.

"그건 그 사람들이 이런 것에 대해서 알 때의 이야기고요. 일반인들은 쉽게 생각하는 경향이 있지요. 특히나 이쪽은 유흥이 상당히 발달한 곳이라서요."

"유흥?"

노형진은 그 말이 씩 웃었다.

"일본의 다른 이름이 뭐지?"

"응? 재팬?"

"땡. 성진국."

"헐?"

"한국도 소위 말하는 밤 문화가 발달한 나라지만 일본도 그에 못지않아."

그리고 노형진의 말마따나, 호텔로 가는 사이에 해가 떨어지고 간판들에 불이 켜지기 시작했다.

낯선 일본어로 되어 있는 간판들이지만 거기서 풍겨 나오는 이미지나 조명의 색으로 봤을 때 어떤 가게인지 알아보는 것은 어렵지 않았다.

"헐, 그냥 사진을 대놓고 박아 버리네?"

손채림이 놀란 것은 유흥업소의 입구에 종업원의 사진이 박혀 있다는 것이었다.

"성진국이라고 불리는 게 다른 이유가 있는 게 아니라니까."

그러는 사이에 전화가 왔고, 일본 지부 담당자가 잠깐 통화하더니 두 사람에게 고개를 돌렸다.

"표적이 바깥으로 나왔다고 하는군요. 그동안의 행동을 봐서는, 근처에 있는 소프란도에 가는 것 같다고 합니다."

"소프란도?"

"일본식 성매매 업소야."

노형진은 그렇게 말하고는 함께 온 사람을 바라보았다.

"가능하겠습니까?"

"어떤 문짝인지에 따라서 다르지요."

그는 히죽 웃었다.

그는 한국에서 한때 빈집 열쇠를 따던 도둑이었다. 지금이야 손을 씻었지만.

"소프란도라고 해 봐야 한국의 목욕탕 수준의 보안입니다."

"그렇다면야."

그는 고개를 끄덕거렸다.

"리더는요?"

그는 가슴을 툭툭 쳤고, 차는 빠르게 움직여서 건물 앞에 그를 내려 줬다.

그는 주변을 스윽 보더니 다른 사람과 함께 건물 안으로 들어갔다.

아무래도 일본어를 못하니 현지 직원과 함께 움직인 것이다.

"뭘 훔치려고?"

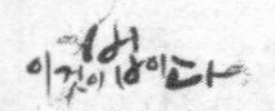

"훔치려고 하는 게 아니라 베끼려는 거야."

"베낀다?"

"카드 키 말이야."

"카드 키?"

"그래. 호텔에 들어가려면 카드 키가 필요하니까."

호텔 문은 보통 카드 키로 여닫는다. 그러니 그걸 복제해야 한다.

"그런데 의외로 카드 키는 복제가 쉽거든."

"응?"

"일종의 심리적 보안 함정이라고 하지. 사실 보안성은 가장 낮은 키야."

"허얼?"

"당연한 거 아냐?"

애초에 열쇠 형태의 키는 복제하려고 해도 원본이 필요하다. 그걸 붙들고 최소한 20분 이상 씨름해야 복제가 가능하다.

하지만 카드 키는 그렇지 않다. 그냥 현장에서 복제용 머신으로 한번 스윽 긁어 주면 끝이다.

심지어 그걸 하는 데에는 채 1분도 걸리지 않는다.

"도리어 키가 머릿속에 있는 번호 키보다 보안성은 더 낮아."

"그런데 왜 호텔에서는 그걸 쓰는데?"

"말했잖아, 심리적 함정이라고."

열쇠가 보안성이 더 떨어질 것같이 보이는 점도 있지만,

기본적으로 인간은 전용인 물건이 있으면 안심한다.

번호 키는 호텔의 경우 계속 손님이 바뀌니 쓸 수가 없다. 손님이 바뀔 때마다 번호를 바꿀 수는 없으니까.

그렇다고 열쇠를  쓰자니 왠지 오래되어 보이고 폼도 안 난다.

더군다나 열쇠는 작아서 잃어버리기 쉽기 때문에 따로 열쇠고리에 달거나 해야 하는데 호텔에서 제공하는 고리는 너무 크고, 그렇다고 자기 걸로 옮겨 다는 것도 번거롭다.

"하지만 카드 키는 그냥 지갑에 쏙 들어가거든."

그래서 사람들은 카드 키를 철석같이 믿는다.

"사람들은 호텔 같은 곳에서 뭔가를 지키기 위해서 카드 키를 쓰지. 하지만 정작 카드 키를 지키려고는 하지 않아. 웃긴 일이지."

그렇게 설명하는 사이 들어갔던 두 사람 중 한 사람이 먼저 바깥으로 나왔다.

그리고 차로 다가와서 작게 열린 틈으로 툭 하고 작은 카드를 밀어 넣은 뒤 잽싸게 다시 안으로 올라갔다.

혹시나 다시 들어가지 않으면 의심을 받을 수 있기 때문이다.

"가자."

"끝?"

"끝난 거야. 아까 말했잖아, 심리적 함정이라고."

카드 키를 가진 사람은 그걸 믿고 느긋하게 활동한다. 그런데 카드 키는 진짜 쉽게 복제된다.

신용카드도 순식간에 복제되는데, 제대로 보안장치도 없는 호텔 카드 키가 복제가 어려울 리 없다.

"아니, 잠깐만…… 이해가 안 가는데. 카드잖아? 카드를 복제하라고 주지는 않을 거 아니야?"

"그렇지."

"그런데 어떻게 복제를 해?"

"너 버스 카드 어떻게 써?"

"그거야 당연히 터치해서……. 설마?"

"호텔은 다 터치식이야."

요즘은 카드 리더로 카드를 읽은 곳보다는 터치식으로 인식하는 곳이 늘어나는 추세다.

특히나 호텔의 출입용 카드는 다 터치식이다.

긁는 게 아니라, 문에 대면 열리는 방식.

"옆에 바짝 붙어서 가방에 리더를 댈 수만 있다면 충분히 읽어 낼 수 있어."

"그게 인식된다고?"

"인식의 거리는 카드가 아니라 기계가 조정하는 거니까."

기계를 예민하게 하면 어느 정도 읽어 내는 것이 가능하다.

물론 30센티미터 이상의 먼 거리에서는 턱도 없지만 말이다.

"이런 곳은 보통 들어가기 전에 바깥에서 호출을 기다리면서 대기를 하거든."

그런데 그 공간이 좁아서 서로 부딪히는 경우도 종종 있다.

"그곳에서 읽어 내는 것은 불가능한 게 아니야."

"설마."

"설마가 아니야."

실제로 해외에서는 이런 터치식 카드를 예민하게 조작해서 길거리에서 소매치기를 하는 사람들이 있다.

남의 카드를 읽어 내고 그걸로 결제 처리를 해 버리는 것이다.

기존과 다르게 털린 줄도 모르고 또 흔적도 안 남는 데다가 현금보다 뽑아낼 수 있는 돈이 훨씬 많아서, 많은 범죄 조직들이 도입하고 있는 실정이었다.

물론 당사자가 눈치채고 출금을 막을 수도 있지만 그때쯤이면 범인은 이미 사라진 후라 범죄자를 잡을 방법은 없기 때문에 훨씬 이득이기도 하다.

"미친……."

"도둑질의 세상은 생각보다 빠르게 변합니다."

노형진과 손채림을 여기까지 데리고 온 사람은 운전하면서 히죽 웃었다.

"일본에서도 이런 장비를 구하는 건 어려운 게 아니거든요."

"그냥 둬요?"

"당연히 그냥 두지 않으려고 하지요. 하지만 도둑이 스스로 없어지는 거 봤나요?"

"더군다나 카드와 다르게 이런 호텔 카드 키는 걸리지도 않으니까."

이런 사태에 대비해서 핸드폰 알림 서비스가 있는 것이다.

이상한 결제 내역이 뜨면 바로 알고 대처할 수 있게 말이다.

"하지만 호텔은 그딴 거 없지."

노형진은 카드를 챙기면서 히죽 웃었다.

그러는 사이 호텔에 도착하자, 노형진은 차에서 내려서 손채림에게 손을 내밀었다.

"가실까요?"

"얼씨구?"

"호텔은 예쁜 여자랑 가야 의심 안 해."

"그래서 날 여기까지 끌고 온 거야?"

"정답."

"그렇다면야……."

마치 마차에서 내리는 것처럼 고고하게 손을 잡고 내린 손채림은 자연스럽게 노형진과 함께 위로 올라갔다.

손님인 줄 알고 두 사람을 바라봤던 직원들은, 카운터에 별 관심을 안 보이고 바로 엘리베이터로 향하는 모습에 피식하고는 다시 자신의 일에 집중했다.

호텔에서 일하다 보니 이런 일이야 비일비재하니까 호텔이나 모텔은 절대로 손님을 알은척하는 게 좋은 게 아니라는 것쯤은 알고 있었다.

"좋은 호텔이네."

"돈이 넘쳐 나네."

엘리베이터도 카드 키가 없으면 움직이지 않는 물건이었기 때문에 노형진은 카드를 찍고 해당 층으로 올라갔다.

그리고 입구의 리더에 그걸 대고 자연스럽게 안으로 들어갔다.

"오케이."

그는 안으로 들어가서 주변을 확인하고는 바로 침실로 들어갔다.

그리고 그 안에 있는 가방을 열어서 확인하려고 했다.

"잠깐."

"왜?"

그런 노형진을 말린 것은 다름 아닌 손채림이었다.

"걸리고 싶지 않다면서?"

"그런데?"

"위치가 달라지면 당연히 의심하지."

그녀는 자신의 핸드폰으로 가방의 위치와 그 안에 있는 물건들을 찍었다. 그리고 조금씩 꺼내서 흐트러지지 않게 했다.

"머리 좋은데?"

"네가 너무 부주의한 거야."

드디어 가장 아래쪽에서 노트북을 찾아낸 노형진은 바로 인터넷에 연결했고, 기다리고 있는 사람에게 전화했다.

"찾았습니다. 네. 들어올 수 있겠습니까?"

그렇게 말한 지 채 5분도 지나지 않아서 컴퓨터는 마치 마법이라도 부리는 것처럼 스스로 움직이기 시작했고, 노형진은 그걸 보고 미소를 지었다.

⚖

"이걸 어쩌지?"

새론의 사무실은 심각하기 그지없었다.

노형진뿐만 아니라 무태식, 송정한, 심지어 소규태까지 와 있었다.

특히 소규태는 분노로 손을 부들부들 떨고 있었다.

"이…… 이게 사실입니까?"

"사실입니다. 저희가 직접 얻은 거니까요."

"이럴 수가…… 이럴 수가……."

"이건 생각도 못 했어요. 저도 이 기록을 추적하지 않았다면……."

손채림은 해킹한 컴퓨터에서 빼 온 인증서와 노형진이 알아낸 기록을 바탕으로 해당 계좌를 추적했다.

그 안에서 기록을 빼내고 여건이 되면 그 돈을 되찾는 것이 이번 일의 목적이었다.

그러나 잔고는 생각보다 적었고, 그 이유는 기록을 찾으면서 알 수 있었다.

노형진이 읽어 낸 60억이 있었던 적은 있지만 이미 그 돈은 빠져나간 것이다.

"혹시나 의심해서 빼돌린 거 아닙니까?"

"저희도 그랬으면 좋겠습니다만……."

노형진으로서도 어떻게 처리해야 하나 고민할 수밖에 없는 중차대한 사건.

"애석하게도 그럴 가능성은 없어요. 그들이 이용한 계좌를 보면요."

물론 바로 이체한 것은 아니지만 몇 번의 자금 세탁을 하고 다른 곳으로 이체했다.

문제는 그 이체를 한 기업의 이름이다.

"'고려 벌채'라는 곳인데, 공식적으로 중국에 벌채 인부를 수출하는 곳이에요. 당연히 한국이 아니라 북한이구요."

"최종적으로 이 돈이 북한으로 갔다는 겁니까?"

"네."

분위기가 이렇게 싸늘한 것은 다름 아닌 그 계좌의 추적 결과 때문이었다.

정부에서 지원받은 돈 중 상당수는 정치인들에게 다시 돌아갔다. 그건 이해할 수 있는 일이다. 그래야 나중에 지원 대상으로 지정받을 수 있으니까.

하지만 북한 단체로 간 돈은 어떻게 이해해야 한단 말인가?

"이 말은……."

저들이 북한의 사주를 받고 움직인다는 뜻이 된다.

하지만 그들은 명백하게 대한민국의 보수 집단이다. 가장 극렬하게 북한을 싫어하고 격렬하게 빨갱이 타도를 외치는…….

"지능형 안티."

노형진은 뭔가 생각난 듯 작게 중얼거렸다. 그리고 얼굴을 찡그렸다.

"지능형 안티? 그게 뭔가?"

"안티라고 하면 보통 단순히 싫어하는 사람을 의미합니다. 하지만 지능형 안티는 좋아한다는 가면을 쓰죠."

"그게 무슨 말이지?"

아무래도 연예계 쪽은 잘 모르는 송정한은 그 단어가 뭔지 모르는 모양이었다.

"쉽게 말해서 이겁니다. 어떤 가수가 싫은데 내가 단순히 싫어하는 걸 넘어서 그가 욕을 먹기를 원하는 겁니다. 그래서 그의 팬인 것처럼 행동하면서 그의 이름을 빌려서 행동해서 욕을 하게 하는 거지요."

"그런 게 있어?"

"인간은 지능적이니까요."

손채림도 그런 사건을 알고 있기 때문에 고개를 끄덕거렸다.

"의외로 그런 애들 많아요. 그런데 그런 애들은 진짜 안티인지 팬인지 구분이 안 가니까 골라내는 게 쉬운 게 아니에요."

"어떤 식인데?"

"가령 군대 문제 같은 게 있네요."

"군대 문제?"

"네."

어떤 남자 그룹이 있었다. 그런데 그 그룹의 어떤 팬이, 자기네 그룹은 군대 못 보낸다고 인터넷에서 그들 대신에 다른 남자를 보내서 군 생활을 연장하자는 서명을 받으려고 한 적이 있었다.

당연히 남자들은 말도 안 되는 개소리에 분노했고, 그 그룹은 남자들에게 적지 않은 욕을 먹었다.

"하지만 정작 그 행동을 맨 처음 시작한 것은 지능형 안티였어요."

그는 해당 그룹의 이름을 더럽히기 위해서 그런 행동을 했고, 멋모르는 여자애들은 그냥 자기 좋아하는 가수들이 군대 안 갈 수 있다고 하니까 좋다고 따라온 것이었다.

"나중에 진실이 알려질 때까지 사람들은 그 그룹을 상당히 욕했죠. 그리고 그 팬클럽도 상당히 욕을 먹었구요, 개념이 없다고."

"욕을 먹을 만하군."

"네. 이런 걸 지능형 안티라고 해요."

이쪽 편인 것처럼 행동하면서 묘하게 비정상적인 행동으로 욕을 먹게 하는 것.

그게 저들의 전략이다.

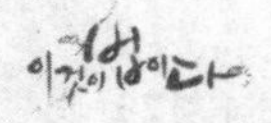

"하지만 이건 정치이고 보수인데……."

"보수라……. 자칭이라고 하지 않았나요?"

"……."

소규태는 입을 다물었다.

맞는 말이다. 저들은 자칭 보수라 주장하지만 일반적인 사람들은 꼴통이라고 이야기한다.

사실 자신이 봐도 그들은 이권 단체이지, 보수 단체는 아니었다.

"저 사람들이 보수에 준 도움이 뭐가 있지요?"

"없지요."

입만 열면 빨갱이 타령에, 제대로 된 정책은 내놓은 적이 없다. 오로지 분노로 사람들을 이끌 뿐이었다. 그로 인해 보수에서 진보로 돌아선 사람도 적지 않은 것이 현실.

"그래서 얻은 건……."

"꼴통 보수 이미지……."

그 말을 하면서 소규태는 얼굴을 찌푸렸다.

사람들은 보수라고 하면 일단 말이 안 통하고 반성도 없으며 목소리만 높은 노친네를 생각한다. 합리적 보수라는 건 존재하지도 않는다고 생각하는 사람들이 많다.

"북한의 목적은?"

"대한민국의 혼란을 야기하고 정책적으로 이득을…… 씨팔!"

소규태는 말을 하면 할수록 비참해졌다.

"기본적으로 대한민국은 북한에 적대적입니다. 그건 정당에 관계없는, 기본적인 사실이지요."

진보와 보수라는 가장 큰 차이가 있기는 하지만 북한과 사이가 안 좋다는 것은 어쩔 수 없는 현실이다.

보수라는 작자들은 대화 자체를 안 하려고 하고, 그나마 진보는 대화를 조금이라도 하려고 하는 것의 차이일 뿐.

"그런데 양측이 분열되어서 싸우면 누가 이득일까요?"

"……."

당연히 북한이 이득이다.

만일 대한민국이 하나 되어서 북한에 압력을 행사한다면?

북한으로서는 곤혹스러울 수밖에 없다.

"우리나라 보수 정치 집단은 북한을 이용하여 안보 몰이를 해서 권력을 유지합니다. 북한이라고 다를까요?"

"……."

"한국이 북한보다 훨씬 나은 건 누구나 압니다. 일부 종북주의자를 빼고 말이지요. 당연히 혼란을 일으키기 위해서 한국 내부에서 북한을 찬양해 봐야, 요즘 같은 시대에 얼마나 효과를 발휘할까요?"

"……."

"하지만 그 대신에 자신에게 불리할 수 있는 합리주의자나 진짜 보수에게 빨갱이 프레임을 뒤집어씌운다면?"

당연히 한국은 분열할 테고, 각 진영의 사람들은 악다구니를 치면서 싸울 것이다.

지금의 대한민국처럼 말이다.

실제로 능력 있고 제대로 된 보수주의자들 중 상당수가 빨갱이니 종북이니 하는 소리에 밀려나서 제대로 보수 운동도 못 했고, 심지어 어떤 사람은 그런 현실에 질려서 정치를 접었다.

즉, 정상적인 보수일수록 그들의 공격 대상이 된다는 뜻이다.

"그냥 보이는 대로 믿는 것만큼 멍청한 것도 없지."

송정한은 한숨을 내쉬면서 말했다.

"북한이 못살기는 하지만 정치적 감각이 없는 건 아니니까요."

저들도 한국이 선공하지 못한다는 것을 알고, 한국도 저들이 선공하지 못한다는 것을 안다. 그렇다면 양측에서 상대방에게 피해를 주는 가장 확실한 방법은 바로 혼란이다.

"한국이 이념 갈등으로 입는 피해가 매년 수십조 단위라고 하지."

"농담이 아닙니다. 과거에 군대에 대한 조사 결과 기억하시죠?"

"아……."

노형진이 과거 군납 비리를 잡기 위해서 비리를 저지른 군 장교들을 적을 이롭게 한 행위, 즉 사보타주로 고발한 적이 있다.

대한민국은 여전히 전쟁 중인 국가이고, 그러한 군납 비리는 충분히 사보타주가 될 수 있으니까.

"그리고 국방부 내부에서 실제로 적지 않은 간첩이 발견되었지요."

"……."

만일 그들이 위에서 내려온 작전을 전쟁 중 흘리거나, 하다못해 중요한 작전을 할 때 그에 따르지 않는다면 전쟁의 양상은 완전히 바뀔 수 있다.

"보수 그 자체이고 국방 그 자체라고 할 수 있는 군대에도 가면을 쓰고 들어가 있는데, 보수 단체 가면을 쓰고 혼란을 야기하려고 하는 놈들이 없을까요?"

"……."

"극과 극은 통한다고 하지요."

그러고 보니 극단적 보수 단체 중에는 북한식 용어를 쓰는 곳이 종종 있었다. 주체적이니 투쟁적이니 하는…….

"생각해 보면 웃긴 겁니다. 보수의 가치는 현상 유지라고 했지요? 그런데 지금 현상은 전형적인 기득권자를 위해서 구성되어 있지요. 그러면 과연 누가 반감을 가질까요?"

"서민이죠."

"공산주의에서 제1 공략 대상이 누구죠?"

"서민이나…… 빈민, 노동자."

"교리는?"

"그들을 부르주아와 격리하여…… 씨발 놈들."

공격 대상을 북한으로 이야기할 뿐, 전형적인 공산주의 공격 이론을 따른 방식이었다.

북한이라는 것을 가리고 본다면 누가 봐도 공산주의자의 행동 패턴.

"내부에서 혼란을 야기하는 것은 흔한 방식의 공격법이지요."

내부에 혼란이 야기되면 그 피해가 얼마나 큰지에 대해서는 수많은 경제 단체들이 이야기하고 있다.

매년 수십조의 피해를 야기한다.

북한이 경제적 압박으로, 과연 대한민국에 수십조의 피해를 입힐 수 있을까?

"웃긴 건, 그런 놈들에게 우리가 돈까지 주고 있다는 거군요."

소규태는 현실을 인정할 수밖에 없었다. 최소한 동지라고 믿었던 자들이 실제로는 적이라는 것을.

"이걸 어떻게 하지요?"

그의 얼굴이 창백했다. 절로 식은땀이 흘러내렸다.

그럴 수밖에 없는 게, 만일 이게 바깥으로 새어 나간다면 보수의 진영 논리가 무너지는 정도로 끝나는 게 아니라 보수 자체가 무너지게 되기 때문이다.

"공개하지 않을 수는 없습니다."

"하지만……."

"이런 작자들이 이들만 있으라는 법은 없습니다. 어떻게 보면 세력을 키우는 가장 확실한 방법 아닌가요?"

"으음……."

맞는 말이다.

어느 정도 세력을 키우기만 하면 정부에서 지원금을 줘 가면서 생존을 보장해 준다.

안 그래도 돈이 없어서 공작금을 보내 주지 못하는 북한으로서는 완전히 쌍수를 들어 환영할 일이다.

"그리고 생각해 보세요, 애초에 이런 집단이라면 그 안에 얼마나 많은 북한 간첩들이 있을지."

"……."

물론 아래쪽에서 일하던 사람들은 진실을 모르고 자신들이 보수를 위해서 일한다고 생각할 것이다. 하지만 위에서 일하는 사람들은 북한의 사주를 받지 않으면 이렇게 움직일 수가 없다.

"하지만……."

"이 부분은 유찬성 의원의 도움을 받아야 합니다."

"네? 하지만 그 사람은……."

"압니다. 하지만 이게 공개되는 순간 보수는 파멸적 상황이 될 겁니다. 그걸 막기 위해서는 진보의 도움도 필요합니다. 진영 논리로 눈을 가리지 마세요. 그 결과가 이놈들 아닙니까?"

노형진은 확실하게 선을 그었다.

진영 논리로 모든 것을 본 결과.

그게 결국 돈을 주고 간첩단을 키워 준 꼴이 아닌가?

"차라리 이번 일을 전화위복으로 삼아야 합니다."

"어떻게요?"

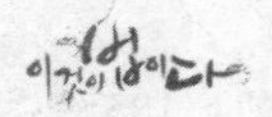

"길을 잃은 사람들은 다른 길을 찾기 마련이니까요."

노형진은 씩 웃으면서 말했다.

⚖

"공을 나누라고?"

"네."

"음……."

"물론 유 의원님이 발표하시게 되면 유리하기는 할 겁니다. 보수가 엄청난 타격을 입는 건 불가피하겠지요. 그렇지만 그 이후에 일어날 일은 심각해질 겁니다."

물론 보수가 없다고 해서 문제 될 것은 없다.

하지만 진보라고 모두 바른 사람만 있는 게 아니라는 것을 노형진은 알고 있다.

"진보는 분열로 망한다는 말, 아시지요?"

"알지."

보수라는 공통된 적이 있음에도 불구하고 진보 측은 서로 싸운다. 그래서 보수와 제대로 싸워서 이긴 적이 없다.

이번 사건이 터지만 이기기는 할 것이다.

하지만 그 평화가 얼마나 갈까? 10년? 20년?

1년이나 가면 다행인 것이 진보의 현실이다.

"그런 거라면 나야 대환영이지."

"네?"

노형진은 흔쾌하게 말하는 유찬성의 태도에 깜짝 놀랐다.

사실 진보의 입장에서는 엄청난 이득이 있는 일이다. 그런데 그걸 나누겠다는데 저렇게 당당하게 찬성해 버리다니?

"자네가 한 말도 맞아. 그리고 정치라는 것은 원래 구석에 몬다고 좋은 게 아니거든."

"네? 그게 무슨……?"

"만일 보수가 사라질 위기에 닥치면, 보수주의자들이 어떻게 행동할 것 같나?"

"아……."

몇 번의 선거에서 본 적이 있다.

자신들이 불리하다고 생각하면 그들은 집결해서 결사적으로 세력을 불리려고 한다.

물론 이번 사태로 인해서 빨갱이니 종북이니 하는 말은 하지 못하게 되겠지만, 그렇다고 해서 그들이 진보로 돌아서는 일이 벌어지지는 않을 것이다.

"차라리 정당한 보수를 우리가 키워 주는 게 나을 수도 있지."

"정당한 보수라 하면……?"

"진짜 보수 말이야. 극우나 이권 집단 말고."

노형진은 유찬성의 말에 대충 이해가 갔다.

'살을 주고 뼈를 취한다 이거군.'

진보가 보수에게 언제나 지는 이유는 간단하다.

진보는 세력이 갈라지고, 보수는 세력이 하나로 뭉쳐 있다. 그러니 대부분의 싸움에서 진보가 질 수밖에 없다.

'하지만…….'

만일 이 사태가 외부로 나간다면?

아마도 기존의 보수 세력은 똘똘 뭉쳐서 어떻게든 이 사태에서 벗어나려고 할 것이다.

하나 된 보수의 힘은 어마어마하다.

유동 계층이 잠깐은 진보 쪽으로 오겠지만 그들은 말 그대로 유동 계층이고, 영원히 이쪽에 있지는 않는다.

그렇다면 차라리 보수의 세력을 나누는 것이 유 의원의 입장에서는 유리할 수도 있다는 것이다.

"그리고 나도 총알 좀 나눠 맞아야지."

"네?"

"자네, 그동안 수작 부린 게 보수뿐이라고 생각하나?"

"……."

분명히 진보 측에도 수작을 부렸을 것이다. 진보라는 가면을 쓰고 혼란을 야기하려고 했을 가능성도 높다.

"나도 선거를 생각해야지."

만일 그렇다면, 그가 혼자서 이 일을 발표할 경우 그 총알은 내부에서 그에게 향할 것이고 다음 선거가 위험할 수도 있다.

하지만 외부의 보수라는 방패를 쓴다면…….

"서로가 방패가 되는 거군요."

"그런 게 정치야. 영원한 적도 영원한 아군도 없지."

유찬성은 씩 웃으면서 말했고, 노형진은 그 말을 인정할 수밖에 없었다.

⚖

-이번 사태는 북한의 가공스러운 행태가 얼마나 간악한지 알려주는 행태로…….

-정부에서는 지금까지 정부의 지원금을 받은 모든 단체에 대한 대대적인 감사를 시작하였으며…….

-단 2주 사이에 수십 명이 구속되고 수백 명이 조사받는 가운데 조사 과정에서 어마어마한 탈세와 횡령이…….

-해당 단체에서 정치자금을 받은 정치인들은 자신들은 모르는 일이라며…….

며칠 사이에 대한민국은 발칵 뒤집혔다.

대대적으로 감사를 하기 시작하자 북한과 연계된 사회단체가 무려 다섯 곳이나 발견된 것이다.

더 웃긴 것은 그중 네 개 단체가 보수에 속한다는 것이다.

그들은 빨갱이와 종북을 외치면서도 비밀리에 간첩을 양성하고 북한에 지원금을 보냈다.

"그 많던 종북 타령하던 사람들이 싹 사라졌네."

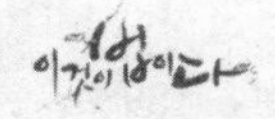

"자기들이 불리하거든."

애초에 이 싸움은 종북 타령을 하는 사람들을 막기 위해서 시작된 것이었다. 방향이 어긋나서 어마어마한 간첩단 사건이 되어 버리기는 했지만.

"그래도 확실하게 종북 타령을 막기는 했네."

"그렇기는 하지."

일단 고발이 들어가기는 하지만 인터넷에 있는 수십만을 다 할 수 있는 건 아니었다.

그러나 이번 사태가 터지면서 섣불리 종북 프레임을 뒤집어씌우면 도리어 북한의 사주를 받아서 혼란을 야기시키는 것 아니냐는 식으로 몰아가고, 실제로 그런 사유로 몇몇이 고발당했다는 뉴스가 나오자 모조리 입을 다문 것이다.

"세상 참 웃겨."

"그렇지?"

청보협은 이 와중에 어마어마한 세력의 확장을 이루었다.

이번 간첩단 사건을 발굴해 낸 책임자이자 또한 고발자로서 순식간에 새로운 보수의 아이콘으로 떠올랐다.

합리적 보수였던 사람들은 그들을 기준으로 뭉치기 시작했고, 유찬성과 진보 측 인사들 역시 그들을 고의적으로 띄워 줬다.

자연스럽게 기존 보수 중 상당수가 그들에게 합류했고, 보수는 두 개로 나뉘어 싸우기 시작했다.

"그나저나 변재량은 이제 어떻게 될까?"

"뭐, 이제 정치 인생은 끝이지."

이 사건의 발단이자 종북 놀음으로 사건을 무마하려고 했던 변재량은 혹 떼려다가 혹 붙이는 꼴이 되고 말았다.

그가 정치자금을 받은 단체들이 종북 사건으로 엮여 있는 단체들이었던 데다가 종북 놀음이 막혀 버리자 피해자들의 입을 막을 수 있는 방법이 없어졌기 때문이다.

사실상 보수주의자들 사이에서도 버려진 그는 자신의 억울함을 항변하고 있었지만 실형은 피할 수가 없어 보였다.

"아마 피선거권을 박탈당할 거야."

그러면 당연히 선거에 출마하지 못하게 될 테고, 말말로 뜬 그의 특성상 시간이 지나면 잊힐 수밖에 없다.

"좋게 해결된 거 맞지?"

"그렇기는 한 것 같은데……."

생각지도 못한 간첩 사건으로 일이 커지기는 했지만 최초의 목적이었던 종북 놀음은 막을 수 있었다.

"하지만 편해질 것 같지는 않네."

노형진은 걱정스럽게 말했다.

---

같은 시각.

"쓸 만한 카드였는데."

최재철은 보고서를 보면서 눈을 살짝 찡그렸다.

자신들이 애용하던 단체 중 몇 곳이 이번 사태로 날아가 버린 것이다.

"뭐, 그런 놈들이야 다시 만들면 그만이기는 한데……."

당장 종북 놀음을 못 한다고 해도 상대방에게 죄를 뒤집어 씌우는 것은 어려운 것이 아니다.

그러기 위해서 언론을 꽉 잡고 있는 것이 아닌가?

하지만 그렇다고 해도 자신들이 쓸 수 있는 카드 중 하나를 잃어버린 것은 큰 손해였다.

"그 녀석들이 아까운 건 아닌데……."

어차피 권력에 줄 서려고 하는 놈들은 많다.

적당히 고기가 붙어 있는 뼈다귀를 던져 준다면 그들은 자신들에게 충성을 다할 것이다. 그러나…….

"흠……."

종북 프레임이 사라진 것은 상당한 손해다.

자신들이 여론을 몰 때 가장 좋은 방법인데, 이제는 그 방법을 못 쓰게 되다니.

"이 일을 한 게 새론이라는 곳이라고?"

"그렇습니다, 위원장님."

"노형진 변호사라고 했지?"

"네."

최재철은 서류를 내려놓으면서 비서관에게 물었다.

“자네가 보기에는 어떤가? 우리에게 위협이 될 거라 생각하나?”

“그건 아닌 것 같습니다. 이번 사건에서 그들이 간첩 사건과 엮인 것은 추적을 하다가 벌어진 일이라…….”

“그렇단 말이지.”

그는 안타깝다는 듯 입맛을 다셨다.

그동안 써 온 집단이 종북 집단이든 아니든, 그건 자신과 상관없다. 어차피 북한은 자신들과 싸워서 못 이기는 걸 알고 있으니까.

“하지만 확실히 쓸 만한 카드들이었지.”

자신이 시키기만 하면 나서서 정적들을 종북으로 몰아서 파묻어 버려 왔는데 그걸 못 하게 되다니.

“다른 방법이 없는 건 아니지만 아쉽군.”

방법이 없는 건 아니다. 하지만 조금 더 귀찮고 조금 더 오래 걸릴 뿐이다.

“노형진이라…….”

그는 무심결에 보고서를 보면서 중얼거렸다.

“왠지 기분이 좋지 않군.”

그는 그렇게 말하면서 무심하게 시선을 창밖으로 돌려 버렸다.

그가 노형진이라는 존재를 드디어 인식하기 시작했다.

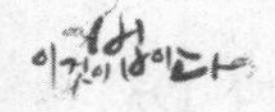

천상의 음악? 지옥의 비명

“라면이랑 만두랑…….”

“넌 그 돈, 저승에 싸 갈 거냐?”

노형진이 라면을 고르고 있자 손채림은 어이가 없다는 듯 말했다.

“아니, 쓰고 가야지. 왜?”

“아니, 돈 두고 라면을 사 먹는 이유가 뭐야?”

“가끔은 그런 날이 있잖아?”

갑자기 라면을 먹고 싶은 날.

그런 날이기 때문에 당연히 라면을 사러 왔다.

“변호사도 사람이다. 변호사라고 웰빙 음식만 먹고 한우 등심만 먹는 거 아니야.”

"하여간 특이해."

퇴근하는 길에 그렇게 바리바리 라면을 사 가지고 가는 그를 보면서 손채림은 어깨를 으쓱했다.

겉으로 타박이야 했지만 그런 노형진의 성격을 모르는 바는 아니다.

돈을 써야 한다면 주저하지 않고 쓴다. 다만 쓸 이유가 없으면 안 쓴다.

그게 그의 방식이다.

"이게 마지막 삼각 김밥이네."

냉장고에 진열되어 있던 삼각 김밥 하나를 꺼내 든 노형진.

그런데 편의점에 있던 아르바이트생이 상당히 당황하는 눈치였다.

"아, 저기, 그거……."

"네?"

"폐기인데요."

"네? 폐기요?"

노형진은 뒤를 스윽 확인했다.

그리고 자신도 모르게 고개를 끄덕거렸다.

"그러네."

폐기라는 것은 편의점에서 유통기한이 다 된 신선 식품을 말한다.

삼각 김밥이나 도시락 등은 정해진 시간이 지나면 팔지 못

하기 때문에 해당 물품은 폐기 처분해야 한다.

그러나 그건 어디까지나 안전상의 문제일 뿐이라서 그 이후에 먹어도 되기는 하지만, 판매는 절대 금지다.

"그러면 만두로 만족해야겠네."

"난 이거."

떡하니 맥주 한 병을 꺼내서 건네는 손채림

"한잔하고 가자고."

"술 먹고 싶어? 한잔 사 줘?"

노형진은 그녀를 보면서 물었다. 그러나 손채림은 고개를 흔들었다.

"그냥 편의점에서 술 한잔하고 싶은 날이 있잖아, 누구처럼."

그 말에 노형진은 히죽 웃으면서 안주가 될 만한 훈제 오징어 한 마리와 콜라 한 병을 꺼내서 바깥으로 나왔다.

"캬! 죽이네!"

"이제 밤에는 제법 선선하네."

"그렇지? 이제 가을인가 봐."

손채림은 하늘을 보면서 중얼거렸다.

"이제 야밤에 이렇게 맥주 마시면서 하늘을 보는 것도 올해는 마지막이겠네."

"자주 그랬나 봐?"

"여직원들끼리 뭉쳐서 자주 이래."

"술집에 가지?"

"그냥 분위기에 취하는 거지."

"분위기라……. 하긴."

여직원들끼리 술집에 가서 술을 먹으면 꼭 껄떡대는 놈들이 있다는 소리는 들은 적이 있었다.

"하지만 이제는 추워서 못 그럴 것 같은데?"

"그러니까. 역시나 맥주는 더울 때 쭈욱 들이켜는 게 제맛이지."

하지만 이렇게 날씨가 쌀쌀해지면 그 맛이 안 난다.

"그래도 우리에게는 치킨이 있다."

"술도 안 먹는 네가 할 말은 아닌데?"

"치킨에는 역시 콜라지."

"말 하고는."

손채림은 피식 웃으면서 남은 맥주를 쭈욱 들이켰다.

그렇게 밤하늘의 별을 보면서 이런저런 이야기를 하는 사이 시간이 지났고, 날씨는 완전히 쌀쌀해졌다.

그리고 그 밤의 그림자를 헤치고 어떤 여자가 다가오는 것이 보였다.

그녀는 익숙하게 안으로 들어가더니 편의점의 아르바이트생이랑 몇 가지 이야기를 하는 듯했다.

흔한 모습이기에 노형진도 손채림도 그다지 신경을 쓰지 않았다.

그런데 잠시 후 나오는 그녀의 손을 본 손채림은 고개를

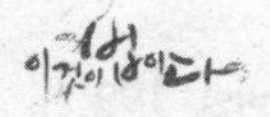

갸웃했다.

"저거, 폐기 김밥 아니야?"

"응?"

그러고 보니 그녀의 손에는 물이 부어진 라면 하나와 아까 폐기 김밥이었던 두 개의 김밥이 들려 있었다.

"팔면 안 되는 거 아니었어?"

"판 게 아닐 수도 있잖아."

"그런가?"

그럴 수도 있다. 폐기 김밥이라고 해도 먹는 데 지장이 있는 건 아니니까.

더군다나 폐기한 지 채 세 시간도 지나지 않았으니 변질되거나 하지는 않았을 것이다.

"날씨 좋다."

노형진이 파라솔 아래에서 느긋하게 밤하늘을 올려다보는 사이, 그 여자는 약간 떨어진 곳에서 라면과 김밥을 먹기 시작했다.

그야말로 흔해 빠진 도시의 일상이었다, 울음을 억누르는 듯한 소리가 들리기 전까지는.

노형진은 그 소리를 따라서 고개를 돌렸다. 여자가 울고 있었다.

"응?"

삼각 김밥을 먹으면서도 그녀의 눈에서는 눈물이 뚝뚝 떨어지고 있었다.

우는 건지 먹는 건지 모를 그녀의 모습은 본 노형진은 어색한 얼굴로 손채림을 쿡 찔렀다.

“어쩌지?”

“글쎄.”

노형진은 다시 그녀를 봤다.

그녀는 뭐가 서러운지 눈물을 뚝뚝 흘리고 있었고, 노형진은 입맛을 쩝쩝 다시면서 편의점 안을 바라보았다.

“저 사람을 부르는 게 좋지 않을까?”

“응?”

“저 사람이 그랬잖아, 폐기 김밥은 안 판다고. 그럼 저걸 그냥 줬다는 건데, 아는 사이가 아니고서야 줬을 것 같지는 않은데?”

“그렇겠지?”

“내가 남자한테 가 볼 테니 넌 저 여자를 좀 달래 봐.”

“응…… 그래야겠다.”

사람들이 그녀의 모습을 힐끔거리면서 가는 것을 보면 그녀를 그냥 두는 것이 좋은 선택은 아닌 듯했기 때문에 손채림은 그녀에게 다가갔고, 노형진은 일어나서 편의점으로 들어가 남자에게 다가갔다.

“어서 오세요.”

“혹시 저 바깥에 있는 분, 여자 친구 아닌가요?”

“네? 그걸 어떻게……?”

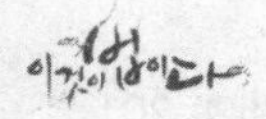

"그냥, 느낌이 와서요."

"그런데요?"

"저분, 무척이나 서럽게 울던데요?"

남자는 당황한 듯한 표정이 되더니 바로 바깥으로 나가서 여자 친구에게 다가갔다.

손채림은 그녀를 달래 주다가 남자가 다가오자 자리를 비켜 줬고, 남자는 그 여자를 안아 줬다.

그러자 여자는 진짜 서럽게 울기 시작했고, 노형진은 슬쩍 좀 떨어진 곳에 있는 손채림에게 다가가서 물었다.

"도대체 무슨 일이래?"

"글쎄. 그게 나도 잘 모르겠어. 뭐가 서러운 것 같기는 한데 말을 안 하니까."

"안 한 거야, 못 한 거야?"

"양쪽 모두 같은데."

서러움이 터져서 우는 것도 있겠지만, 차마 낯선 사람에게 말할 수가 없어서 말하지 못하는 것도 있을 것이다.

"흠……."

손채림은 잠깐 기다리다가 갑자기 노형진에게 손을 내밀었다.

"명함."

"응?"

"명함 내놔 봐."

"응? 명함? 그건 왜?"

"좀 진정되면 내가 가서 이야기해 보려고. 보아하니 뭔가 서러운 일이 있는 모양인데, 법률적인 거라면 도움이 되어 줄 수 있지 않을까?"

"그건 이해하겠는데 왜 내 명함을 달라는 거야?"

"변호사는 내가 아니라 너잖아. 아무래도 변호사 이름이 들어가 있어야 좀 믿음직하지 않아?"

"차라리 내가 같이 있는 게 나을 것 같은데?"

손채림은 고개를 흔들었다.

"네가 있으면 자존심 때문에라도 말 안 할 거야. 여자가 여자 마음을 아는 법이라고."

"뭐, 그렇다면 그렇겠지."

노형진은 손채림에게 자신의 명함을 꺼내서 건넸다.

"그럼 난 가라고?"

"내일 보고하겠습니다!"

"거참."

무슨 상황인지 모르지만 지금으로서는 할 수 있는 게 없었기 때문에 노형진은 어깨를 으쓱하고 그곳을 떠났다.

⚖

결론적으로 손채림을 볼 수 있었던 것은 다음 날이 아니라

다다음 날이었다. 그리고 반쯤 술에 절어서 출근했다.

"우우…… 머리야."

"술로 목욕하다 왔냐?"

"그런 기분이야. 그 언니가 그렇게 말술일 줄은……. 이건 진짜…… 업무로 빼 줘야 해……. 우웁…… 올라온다."

"쯧쯧."

노형진은 보다 못해서 바깥으로 나가서 숙취 해소 음료를 직접 사다가 내밀었고, 손채림은 그걸 눈 감은 채로 받아서 들이켰다.

"땡큐……. 아구, 죽겠네."

"그래도 많이 친해진 모양이야."

"그렇지. 그래서 이렇게 말술을 먹었고. 오랜만에 먹는 술이라 미친 듯이 먹기는 하더라."

"네가?"

"아니, 언니가. 아, 이름 말 안 해 줬지? 송예나라고 하더라고. 스물여덟 살이야. 그 편의점에 있던 사람은 남자 친구고."

"그래? 그건 이해하겠어. 그런데?"

"그런데 법적으로 도움이 필요하더라고. 문제는 돈이 없다는 거지."

"흠."

흔한 사건이기는 하다.

"그러면 새론의 평등재단을 소개시켜 주지?"

"그러니까 어제 그걸 외근으로 쳐 달라는 거야. 야근까지 해 줘야 해. 아주 죽겠다. 차라리 한번 토해 버리는 게 나으려나."

"아주 절었구먼, 절었어. 그런데 그게 무슨 소리야, 외근이라니? 소개는 우리 업무가 아니잖아?"

"우리 업무가 아니기는 하지. 하지만 우리랑 관련된 일이기도 해."

"우리와 관련된 일?"

"정확하게 표현하자면, 성화가 싸지른 똥이라고나 할까?"

노형진은 눈을 찌푸렸다.

성화. 얼마 전 사라진 자신들의 적이자 반사회적 기업이다.

대룡과 함께 싸워서 결국 그들을 몰락시켰는데 그 이름이 다시 나올 줄이야.

"원래 전쟁은 이기는 것보다는 뒷수습이 큰일이기는 하지. 쉬울 거라고 생각도 안 했다."

노형진은 성화라는 이름에 한숨부터 나왔다.

그 녀석들이 저지른 일이 너무 많아서, 나름 정리한다고 했음에도 불구하고 여전히 일이 남아 있었기 때문이다.

"도대체 뭐가 문제인데?"

"그 녀석들이 우리 엔터테인먼트 협동조합을 만들 때 대항하려고 하던 거 생각나?"

"아, 생각나기는 하지."

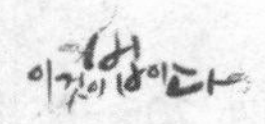

그 당시에 엔터테인먼트 협동조합에 들어온 곳이 압도적으로 많기는 하지만 그렇다고 해서 그쪽으로 간 곳이 적은 것도 아니었다.

협동조합에는 사무실 운영비를 아껴 보려고 하는, 가능성은 있지만 규모가 작은 회사들이 들어왔고, 저쪽은 이미 어느 정도 안정되어서 따로 연습실 등은 필요 없지만 로비력이 부족한 대형 업체들이 들어갔다.

"그런데 왜?"

"그런 곳이 문제야."

"음?"

"그런 놈들이 좋은 놈들은 아니잖아?"

"그건 그렇지."

성화의 로비력을 이용한다는 것 자체가 성 접대나 다른 정치적 힘을 이용하려고 한다는 뜻이니 그들의 목적이 깨끗하다고 보기는 힘들다.

쉽게 말해서 끼리끼리 뭉친다는 건데.

"성화가 망했다고 하지만 그런 녀석들까지 망한 건 아니잖아?"

"그렇지……. 아…… 무슨 뜻인지 알겠네."

성화 아래로 들어갔다고 하지만 그들은 어디까지나 전혀 다른 제3의 기업이다.

그러니 대룡의 공격 목표가 되지도 않았고, 당연히 성화가 망할 때 함께 망하지도 않았다.

"그런데 왜 그 녀석들이 문제가 된 거야?"

"송예나 언니는 그곳 소속의 작곡가야."

"그런데?"

"노래를 빼앗긴 모양이야."

"노래를 빼앗기다니? 그게 무슨 소리야?"

"요 근래 유행하는 노래 있지?"

"요 근래 유행하는 노래? 그게 뭔지 내가 어떻게 알아?"

"〈붉은 눈물〉이라는 노래 있잖아."

"아, 그거? 알지."

배신한 남자에게 피눈물을 흘리면서 복수를 다짐한다는 노래로, 요즘 소위 걸크러시로 한창 인기를 끌고 있는 그룹인 밴시의 곡이다.

벌써 3주째 차트에서 1위를 하는 곡이니 모를 리 없다.

"그걸 만든 사람이야? 와우!"

생각보다 대단한 사람이기에 노형진은 자신도 모르게 휘파람을 불었다.

"그런데 그걸 빼앗긴 모양이야."

"빼앗기다니?"

"말 그대로야."

그 노래는 그녀가 만든 곡이다.

그런데 그걸 회사, 정확하게는 사장에게 빼앗기면서 자신이 받은 돈은 고작 100만 원뿐이라고 했다.

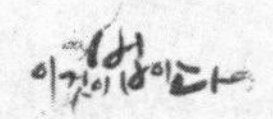

"그거 말고도 잘나가는 노래 두어 곡을 뽑았다고 하더라고."

그러나 이미 노래는 빼앗겼고, 돈은 나올 구멍이 없다고 했다.

"두어 곡?"

"그래."

손채림은 그녀가 작곡한 곡들의 이름을 알려 줬는데, 나머지 두 곡도 노형진이 익히 하는 곡이었다.

특히나 다른 한 곡은 〈붉은 눈물〉만큼이나 인기를 끌었던, 상당히 유명한 곡이었다.

"그런데 고작 곡당 100만 원씩?"

"응."

노형진은 어이가 없었다.

그런 말도 안 되는 가격에 그런 곡들을 가지고 가다니?

"그런데 이런 일이 무척이나 흔하게 벌어지는 모양이야."

"흔하게?"

"그래. 이야기를 들어 보니 그쪽만의 문제가 아닌 것 같더라고."

"그쪽만의 일이 아니라고 한다면?"

"거의 이 바닥의 병폐라고 하더라."

쉽게 말해서 이건 성화가 싸지른 똥이기도 하지만 대룡이 만들어 낸 협동조합 내부에서도 벌어지는 일이라는 소리였다.

'하긴…….'

애초에 그곳을 만들 때 연예인만 생각했지, 작곡가 작사가를 생각한 적은 없었기 때문에 그 부분은 그럴 가능성이 확실히 있다.

인간이 자신의 목에 칼이 들어오지 않았는데 자신의 이권을 포기하는 경우는 무척이나 드물기 때문이다.

"더군다나 회사만 그런 게 아니라고 하더라."

"아니라고 하면?"

"작곡가들도 같은 작곡가들을 등쳐 먹는대."

"등쳐 먹는다?"

"그래."

인기 있는 작곡가들은 곡 주문이 어마어마하게 들어온다.

그런데 아무리 작곡가가 창작력이 넘쳐도 그걸 모두 감당할 수 있는 수준은 안 된다.

그러면 자신의 한도 내에서 주문을 받아야 하는데, 인간의 욕심이 있다 보니 그럴 수가 없다.

"결국 다른 사람들의 곡을 산다고 하더라고."

"그래?"

"그런데 사 오는 가격이 터무니없이 낮은 모양이야."

"흠."

한 곡당 잘해 봐야 150만 원선.

그러나 유명한 작곡가는 그 곡에 자신이 만들었다는 프리미엄을 붙여서 적게는 수천, 많게는 수억에 판다고 했다.

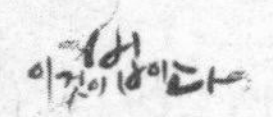

"헐."

이건 생각지도 못한 문제였다.

자신이 아는 세계가 아니라고 하지만 그런 일이 벌어지고 있을 줄이야.

"그런데?"

"그래서 그날 그런 일이 벌어진 거야."

그녀가 죽어라 일해도 연봉은 고작 400에서 500이다. 그런데 그 돈이면 상식적으로 생활이 될 수가 없다.

당연히 다른 방식으로 먹고살아야 하는데…….

"남자 친구구나."

"응."

연하의 남자 친구가 편의점에서 일하는데 그 편의점에서 나오는 폐기로 먹고산다고 했다.

사람으로서 차마 말할 수 없이 비참한 일이었다.

"그런데 그날은 더더욱 비참하더래."

평소에 폐기가 나오는 도시락이라도 먹었는데 그날은 폐기된 도시락조차도 없었다. 그나마 남은 건 삼각 김밥뿐이었기에 남자 친구가 사 준 라면과 함께 그걸 먹는데 갑자기 서러움이 북받쳐 오르더라는 것이다.

"하긴."

자신이 알기로는 〈붉은 눈물〉 같은 곡은 한 해에 수억의 저작권료를 번다.

그리고 지난번 곡들도 실패한 게 아니니 아무리 못해도 연 1억 이상의 돈을 벌 수 있을 것이다.

그런데 그걸 다 빼앗기고 남자 친구에게서 라면과 폐기 김밥을 얻어먹고 있으니 기분이 서럽지 않을 리 없다.

"그래서 그렇게 서러웠던 거래."

"음……."

노형진은 약간 충격을 받았다.

"이건 성화의 문제이기도 하지만 우리의 문제이기도 해."

"정확하게는 내 문제지."

무명의 가수들을 키우기 위해서 여러 가지 방법을 썼는데, 정작 그들에게 노래를 주는 작사가와 작곡가는 신경도 쓰지 않았던 것이다.

"일단은 곡을 찾고 싶다고 했어."

"그건 가능할 것 같은데?"

"하지만 계약에 따라서 준 거라는데?"

"불공정 계약은 법원에서 파기할 수 있어."

계약이라고 해도 무조건 지켜야 하는 것은 아니다.

누군가 자신의 유리한 자리를 이용해서 불공정 계약을 한 경우 그 계약은 충분히 파기가 가능하다.

"다만 그게 힘들기는 하지."

일단 이 경우, 가수들을 데리고 있는 소속사들이 절대적으로 갑이다. 그러니 파기를 이야기하는 순간 퇴출이다.

'그러니 말도 제대로 못 하겠지.'

언제나 갑이 있고 을이 있는 것이 사회다.

그나마 갑이 진짜 제대로 된 사람이라면 나을 텐데 대부분의 경우 그렇지 못하다.

'그리고 음악 쪽은 더 그렇다고 했지.'

노형진은 전에 관련자에게서 들었던 말을 아직도 기억하고 있었다.

연예계에서 70%는 양아치라고.

결과적으로 자정은 무리라고 봐야 한다. 큰 기업이 나서서 고치려고 한다면 모르지만.

"속한 곳이 어딘데?"

"라손엔터테인먼트."

라손이면 연예계에서는 서열 3위에서 4위 사이에 꼽히는 대형 매니지먼트사다.

그런 곳이 이런 짓을 태연하게 할 정도면 이건 답이 없다고 봐야 한다.

"아무래도 이건 좀 알아보고 사건을 해결해야 하겠는데."

"해 보려고?"

"당연히 해야지."

"하긴."

손채림도 고개를 끄덕거렸다.

이런 식이면 결국 피해를 보는 것은 팬과 가수다.

만드는 족족 빼앗겨 버리는데 좋은 곡을 만들려고 하는 사람이 어디에 있겠는가?

"남이 저지른 똥이기는 하지만."

그 똥이 우리에게 묻어 있다면 그걸 치워야 하는 것도 자신의 일이었다.

⚖

"뭐, 그렇지요."

박상규 상무는 고개를 끄덕거렸다.

그는 대룡엔터테인먼트를 담당하는 사람 중 한 명으로, 주로 음악 쪽을 담당한다.

그런 그에게는 노형진이 하는 말이 상당히 낯익었다.

"그걸 그냥 뒀다고요? 그런 행동을 막기 위해서 이런 조합을 만든 거 아니었나요?"

"그렇기는 합니다만……."

박상규 상무도 한숨을 쉬었다.

그라고 그런 생각을 안 해 본 건 아니니까.

"하지만 저들이 절대적인 권력을 가지고 있으니까요."

"절대적 권력?"

"네. 우리가 하지 말라고 권고는 할 수 있어도, 강제는 못 합니다."

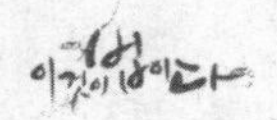

"음……."

"어찌 되었건 협동조합 아닙니까?"

협동조합은 강제적으로 하는 것이 아니다.

성화의 경우는 자신들의 힘으로 강제로 억눌렀지만 대룡은 그게 아니라서 협동조합 형태를 만든 것이다.

그런데 그것이 생각지도 못한 문제를 불러오고 있었다.

"안 그래도 이탈을 원하는 곳들이 나타나서 고생 중입니다. 그런데 거기에 대놓고 압력을 행사하면 그들이 크게 반발할 가능성이 있습니다."

"크게 반발할 가능성? 이탈? 그게 무슨 소리입니까? 그런 소리는 못 들었는데요?"

노형진은 전혀 예상하지 못한 소리가 나오자 되물을 수밖에 없었다.

이탈이라니?

"말 그대로 꿀을 다 빨았다 이거죠."

"꿀을 빨았다?"

"네."

처음에는 돈이 없다. 그러니 어떻게 해서든 협동조합에 들어와서, 무료로 쓸 수 있는 것은 쓰고 이익을 낼 수 있는 것은 내야 한다.

그리고 그렇게 해서 떴다.

바로 여기서부터 문제가 생긴 것이다.

"무리하게 욕심을 내더군요."

"무리한 욕심이라면……?"

"협회금이 아까워진 모양입니다."

"으음……."

"하긴, 그럴 만도 하지요. 협회금이라는 것 자체가 어떻게 보면 라이벌을 키우는 데에 들어가는 돈 아닙니까?"

협회에 가입한 사람들을 대룡이 공짜로 도와주는 것은 아니다.

기본적으로 대룡은 이익을 내야 하는 이익집단이니까.

대룡에는 일부 수익과 더불어 협회에 돈을 내야 하는 규칙이 있다.

당연히 돈을 더 많이 벌수록 더 많이 내도록 되어 있다.

"그게 아까운 거군요."

"네."

남의 도움으로 성공하기는 했지만 시간이 지나고 보니 그 은혜를 갚기 아까운 것이다.

더군다나 구조적으로 자신들이 협회비를 낸다는 것은 아직 성장 중인 회사를 도와준다는 뜻인데, 그건 경쟁자의 등장을 의미한다.

"그래서 이탈하려는 낌새가 보이고 있습니다. 아직 체계적으로 행동하지 않아서 보고를 드리지 않은 겁니다만."

"여러 곳입니까?"

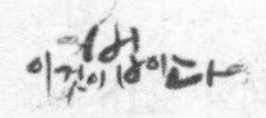

"네."

"미친놈들."

노형진은 절로 눈이 찌푸려졌다.

양아치가 많다고 듣기는 했지만 이렇게 대놓고 뒤통수를 까려고 했다는 것이 어이가 없었다.

"대상이 대룡이 아니었다면 나갔어도 벌써 나갔을 겁니다."

대룡에서 꿀을 빨았으니 나가고는 싶지만 보복이 무서워서 나가지 않고 있다는 것이다.

"우리가 너무 풀어 준 모양이군요."

"솔직히 그런 면이 좀 있는 것 같습니다."

그 이후에도 한참이나 계속된 이야기를 들어 보니 그들의 행동은 생각보다 심각했다.

단순히 자신들이 나가려고 하는 것을 넘어서, 자신들이 나갈 때 충격을 분산시키기 위해서 다른 곳들을 설득해서 일종의 쿠데타를 일으키려고 하고 있다는 것이다.

"그게 가능하다고 생각하는 겁니까?"

"말도 안 되지요. 하지만 그들은 가능하다고 생각하는 모양입니다."

"바보들이군요."

지금 협회에 지원하는 연습실과 모든 자산은 대룡 소속이다.

쉽게 말해서, 연습실을 지원하기는 하지만 그걸 쓸 수 있는 시간을 배정하는 것은 대룡의 소관이라는 것이다.

그건 건물이 협회 소속이 아니라 대룡에 속하기 때문에 가능한 일이다.

"그런데 그걸 자꾸 태클을 걸더군요."

자신들이 필요한 시간에 배정해 주지 않는다고 투덜거리면서 사람들을 선동하고 있다는 것이다.

그러면서 사실상 협회에서 운영하는 곳이니 협회에서 시간 결정을 담당해야 한다고 주장하고 있다고 한다.

노형진은 그 말을 듣고는 눈을 찌푸렸다.

"그게 무슨 뜻인지 다른 사람들은 모르던가요?"

"대부분은 모르지요."

"바보들이군요."

물론 일견 맞는 말처럼 보인다. 사실상 대룡에서 시간을 배당하는 것이 불이익처럼 느껴질 수도 있다.

그리고 그들의 말마따나 연습실은 협회에서 쓰는 거니 그 권한을 협회에 줘도 될 것 같았다.

그러나 거기에는 함정이 있었다.

"협회가 평등하다고 생각하나 보군요."

"그러니까요."

인간이 있는 조직 중에 평등한 조직은 없다.

설사 평등을 외쳐도, 내부에서는 어떤 식으로든 불평등이 존재할 수밖에 없는 게 사실이다.

"만일 사용권이 넘어가면 볼만할 겁니다."

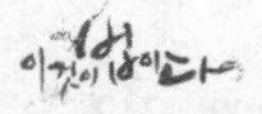

그렇게 되면 협회 내부에서 세력이 큰 집단은 좋은 시간을 독점할 테고 힘이 없는 집단은 터무니없는 새벽 시간이나 야밤 시간을 배정받게 될 것이다.

그나마 대룡은 노형진의 조언과 기업의 운영 원칙에 따라서 공평하게 시간을 분배한다.

반대로 말하면, 누구나 불만을 가질 수밖에 없는 구조인 셈이다.

"협회가 아니라, 솔직히 힘으로 찍어 눌렀어야 한다는 생각이 듭니다."

"음……."

"오죽하면 전임자들이 그렇게 자리를 옮겨 달라고 하겠습니까?"

"하긴 그러네요."

이 자리는 유독 인사이동이 잦은 편이다.

조합이라는 특성상 대룡의 힘이 강한 게 아니라서 온갖 패악질을 다 하려고 덤비기 때문이다.

"저도 그만두고 싶은 마음이 드는 게 한두 번이 아닙니다."

박상규는 한숨을 쉬면서 말했다.

"원래 그런 거죠."

노형진은 씁쓸하게 말했다.

상대방이 무서우면 입을 다무는 것이 바로 인간이다. 하지만 또 반대로 상대방이 양심적이고 착하다고 판단하면 이를 이용해 먹으려고 덤비는 것이 인간이다.

“호의가 계속되면 권리인 줄 안다더니.”

실제로 이들은 그렇게 행동하고 있었다.

“원래 그런 겁니다. 완벽한 건 없어요.”

노형진이 좋은 방법을 찾아서 개혁한다?

그러면 그걸 이용해서 또 이권을 찾으려고 하는 놈이 생기기 마련이다.

무한의 도돌이표 같은 것이 인간의 역사다.

인간이 발전하기 위해서 또다시 그걸 고치고, 고치고, 또 고쳐야 한다.

한번 만들어 둔다고 해서 모든 게 완벽하게 움직이지는 않는다.

“그나마 요즘은 좀 덜해지기는 했습니다.”

“인터넷 방송국 때문이군요.”

“네.”

이들이 활동할 수 있는 무대는 결국 방송뿐이었다.

그러나 대룡이 인터넷 방송국을 만들면서 그곳에서 활동해서 이름을 알릴 수 있게 되자 바깥으로 나가려는 시도가 확실히 줄었다.

하지만 확실하게 줄었다는 것이, 그들이 다른 행동을 하지 않는다는 뜻은 아니었다.

“대신에 다른 인터넷 방송국을 만들려고 하더군요.”

"자신들끼리요?"

"네."

노형진은 코웃음을 쳤다.

물론 인터넷 방송국은 돈이 된다. 그리고 제작비도 많이 안 든다.

하지만 그건 어디까지나 대룡의 입장이다. 이들이 하기에는 여전히 규모가 큰 사업이다.

'아니, 애초에 그렇게 해서 한다고 한들 그 퀄리티는 어떻게 할 건데?'

노형진은 대룡에 인터넷 방송국을 만들 때 가장 중요한 것은 콘텐츠라고 몇 번이나 말했고, 그걸 만드는 작가야말로 존중받아야 한다고 설득했다.

그래서 어떤 면에서는 방송 작가보다 더 많이 버는 것이 그들이다.

하지만 과연 그들이 그 정도의 능력이 있는 작가들을 구할 수 있을까?

설혹 구할 수 있다 해도, 그들에게 제대로 된 대우를 해 줄까?

작가를 무척이나 무시하는 한국의 문화에 길들여져 있는 그들이?

턱도 없는 소리다.

"그들을 확실하게 통제할 방법이 필요합니다."

"다른 곳은 어떻습니까?"

"다른 곳?"

"연기자들 쪽요."

"그쪽은 상대적으로 동요가 덜합니다."

"그럴 만하죠."

연기자들은 가수들보다 성공해도 많이 벌지도 못하거니와 또 나갈 수 있는 길도 협소하다.

어떻게 보면 방송보다 아예 새로 시작하는 인터넷 방송국 쪽이 나갈 길이 훨씬 많으니까 그들의 입장에서는 대룡을 거부할 수가 없다.

더군다나 연기자들은 상대적으로 조합의 도움이 덜하다.

연습실 같은 것도 적게 쓰는 편이니까.

"결국 가수 쪽이 문제라는 거군요."

"네."

"음……."

노형진은 스윽 턱을 문질렀다.

"그리고 이건 소문인데……."

"소문?"

"일부가 성화 쪽이었던 녀석들과 접촉하는 모양입니다."

"성화였던 놈들?"

누구인지 모르지는 않는다. 애초에 여기에 오게 된 이유가 그들 때문이 아니던가?

그런데 그들의 이야기를 여기서 듣게 될 줄은 몰랐던 것뿐이다.

"그게 무슨 소리입니까?"

"말 그대로입니다."

조합에서 나가서 그들과 손잡고 일을 꾸미려고 한다는 것.

"그건 절대 그냥 넘길 수 없는 말이군요."

"네. 소문으로는 그쪽도 인터넷 방송국을 개국하려고 하는 것 같답니다."

"하긴."

그쪽은 규모가 작지 않다.

대룡보다 작기는 하겠지만, 그렇다고 해서 만들지도 못할 정도로 돈이 없는 건 아니다.

"배신이라……."

노형진은 머리를 북북 긁었다.

이런 식으로 뒤통수를 맞는 것은 절대로 기분 좋은 일은 아니다.

아무리 자신들을 위해서라고 하지만 어찌 되었건 자신은 그들을 위해서 움직였다. 그런데 이런 식으로 배신하다니.

'하긴, 엄밀하게 말하면 그들을 위한 게 아니기도 하지.'

노형진이 이런 사업을 구상한 것은 대룡을 위해서 그런 것뿐이었다.

그리고 인터넷 방송국도 그런 양아치 사장들을 위한 게 아니라, 노력하고 능력도 되는데 통로가 잠겨 있어서 뜨지 못

하는 수많은 청년들과 지망생들을 위해서 한 일이었다.

"곰은 재주가 부리고 돈은 왕 서방이 번다고 하더니."

"네?"

"그렇지 않습니까? 우리는 죽어라 도와주려고 하는데 그거 빼먹다가 다 빼먹은 것 같으니까 튈 생각을 하는 거 보세요."

"하긴 틀린 말은 아니군요. 지금이라도 힘으로 찍어 누를까요?"

"아니요."

그럴 수는 없다.

어찌 되었건 그들은 대중적인 이미지를 가지고 있는 연예인들을 대량으로 데리고 있다.

"만일 우리가 찍어 누르면 그들을 이용해서 우리 이미지를 시궁창에 처박으려고 할 겁니다. '을질'을 하겠지요."

"음……."

'을질'이라는 건 갑이 어떤 이유로 힘을 쓰지 못하는 것을 약점으로 삼아서 무리한 요구를 하는 것을 뜻한다.

사람들은 약자에 대해서 자연스럽게 동정표를 보내는데, 그 동정표를 이용해서 상대방을 찍어 누르는 것이다.

"대룡이 그동안 좋은 이미지를 만들기 위해서 얼마나 많은 노력을 했습니까? 그들이 나서서 한꺼번에 짖어 대면 그 이미지가 부서지는 건 순식간입니다."

"하긴 그렇지요. 아흔아홉 개 잘하다 하나 잘못하면 천하의 개쌍놈이 되는 게 세상이지요."

그런데 웃긴 게, 아흔아홉 개를 못하다가 한 개를 잘하면 이런 면이 있냐면서 좋은 사람이라고 하는 것이 이 세상이다.

"결과적으로 뭘 하든 우리는 선을 가장해야 합니다."

"가장이라뇨?"

가장한다는 것은 가면을 쓴다는 것.

그리고 그 말뜻은 노형진이 방법을 가지고 있다는 소리이기도 하다.

"방법이 있는 겁니까?"

"방법이 있지요."

노형진은 그를 보면서 싱긋 웃었다.

"어차피 세상에 완벽한 건 없으니 계속 고치고, 고치고, 또 고쳐야 하니까요."

"하지만 뭘 하든 그들이 우리를 물어뜯을 텐데요?"

"그렇겠지요. 하지만 그들이 을질을 하려고 한다면 우리가 먼저 을질을 하면 됩니다."

"을질을?"

"네. 박상규 상무님은 자신의 자존심에 얼마의 가치를 매기고 싶으신가요?"

박상규는 고개를 갸웃했다.

"때로는 남자의 자존심은 어떤 물건보다 비싼 법입니다, 후후후."

# 낳은 부모는 누구인가

송예나는 방금 들은 말을 의심하며 손을 벌벌 떨었다.

"돈을 받아 주신다고요?"

"네."

"하지만……."

그녀는 자신이 했던 계약을 생각했다.

저작권을 통째로 넘기는 계약.

그걸 이용해서 그들은 자신의 모든 권한을 가지고 갔다.

"물론 저도 압니다. 하지만 그렇다고 방법이 없는 건 아니지요."

"네?"

노형진은 그녀의 계약서를 봤다.

아니나 다를까, 계약서는 완벽하게 짜여 있었다.

'그렇지. 너무 쉽다 했어.'

물론 터무니없는 계약은 제소해서 무효로 만들 수 있다.

하지만 상대방은 그걸 막기 위해서 여러 가지 조항을 넣었다. 그러니 이건 소송을 하더라도 찾지 못한다.

"그건 못 찾아온다고……."

이미 그녀도 다른 변호사들에게 도움을 요청했었다.

하지만 다들 계약서가 너무 완벽하게 짜인 상태라 방법이 없다고 했다.

솔직히 말하면 노형진도 답이 없을 정도로 완벽하게 짜인 상태였다.

'그렇겠지.'

라손엔터테인먼트 정도 되면 변호사를 이용해서 권리를 빼앗기 위한 계약서를 쓰는 것은 어려운 일이 아니다.

"그들은 그 계약서를 이용해서 권리를 빼앗았지만, 그걸 이용해서 할 수 있는 것도 있지요."

"있다고요?"

"네. 물론 그들과 함께 일하지는 못할 겁니다."

"하지만……."

송예나는 입을 다물었다.

그럴 수밖에 없는 게, 라손엔터테인먼트는 규모로는 3위나 4위를 다투는 기업이기 때문이다.

사실 무서운 건 규모가 아니다.

진짜 무서운 건 그들의 인맥이다. 그들은 주변에 어마어마한 인맥을 가지고 있다.

"그들 눈 밖에 나면 절대로 일하지 못해요. 잘나가던 가수도 그들의 말을 거역했다고 묻혀 버렸어요. 저 같은 작곡가 한 명 묻어 버리는 건 일도 아니에요."

"압니다."

노형진은 고개를 끄덕거렸다.

그 사건은 자신도 안다.

모 그룹이 그들의 품에서 벗어나려고 한 적이 있다. 계약기간이 끝나서 재계약을 해야 하는데 터무니없는 조건을 제시했기 때문이다.

당연히 그들은 그곳을 떠났다.

그리고 그 후에 이루어진 보복으로, 방송 출연은 물론 라디오에서조차 그들의 음악이 나오지 않았다.

결국 그들은 쓸쓸하게 시장을 떠나야 했다.

"그 부분은 다른 방법을 강구 중입니다. 아마 송예나 씨뿐만 아니라 다른 분들도 이익을 많이 볼 겁니다."

"이익이라고 하시면……?"

"절 믿으셔도 됩니다."

노형진은 씩 웃었다.

"중요한 것은 라손으로부터 돈을 받아 내는 것입니다."

"하지만……."

라손으로부터 돈을 받아 내는 것은 불가능에 가깝다는 걸 잘 아는 송예나였다.

"어차피 그들과 함께 일하지 않을 거 아닙니까?"

"그러면 먹고살 수가 없어서요."

"아, 그 부분은 말씀드리지 않았군요. 원하신다면 대룡엔터테인먼트로 오셔도 됩니다. 대룡엔터테인먼트에서 스카우트하고 싶어 하거든요."

"대…… 대룡요?"

"네."

송예나의 눈이 격하게 흔들리기 시작했다.

대룡은 한국에서 서열 2위의 엔터테인먼트를 가지고 있기 때문이다.

물론 이건 순수하게 엔터테인먼트 기업 규모만 가지고 2위를 말하는 것이다.

만일 대룡이 돌변해서 다른 곳에 이빨을 드러낸다면 1위를 먹는 것은 일도 아니다.

그럴 수밖에 없는 게, 팬클럽 관리부터 그들이 하는 데다가 조합에서도 파워가 강하기 때문이다.

결정적으로 인터넷 방송국이 대박을 치며 가뜩이나 부족한 방송 출연 자리에 숨통이 트이게 되면서, 뜰 수 있는 새로운 방법을 찾아낸 덕분에 어마어마한 파워를 자랑하고 있었다.

"그곳에서 전속으로 계약하고 싶어 합니다."
"전속요?"
"네. 물론 저희도 사업하는 데에 있어서 손해를 볼 수는 없지요. 매달 150만 원을 생활 자금으로 빌려드릴 겁니다."
"빌려준다고요? 주는 게 아니고요?"
"저희도 공짜로 먹고사는 건 아니니까요."
그렇다면 지금의 삶도 불가능하다는 소리다.
더군다나 주는 것도 아니고 빌려주는 거라면, 결국 갚아야 한다는 소리가 아닌가?
"물론 저희에게도 이점이 있습니다. 이게 중요한데, 저희는 권리를 요구하지 않습니다."
"권리를 요구하지 않는다?"
"네."
"그게 무슨 말씀이신지……?"
"저작권을 요구하지 않는다는 거지요."
송예나의 눈이 격하게 흔들리기 시작했다.
사실 자신의 권리만 인정된다면 고작 150만 원에 흔들릴 이유는 없다.
만일 지금까지의 곡들이 자신의 이름으로 발표만 되었다면 자신은 어마어마한 대박을 쳤을 것이다.
"저희가 가지고 가는 것은 곡에 대한 사용권입니다."
"무슨 뜻인지 이해를 못 하겠어요."

"간단하게 말씀드리지요."

일단 대룡은 그녀를 비롯한 여러 무명 작곡가들 중 가능성이 있는 사람들과 계약한다.

물론 무조건 계약하는 것은 아니다.

곡을 쓴 작곡가는 자신의 곡을 가지고 와서 실력을 입증해야 하며, 그게 입증된다면 계약한다.

그리고 그렇게 되면 대룡은 그 곡에 대한 사용권을 가지는 대신 1년간 매달 150만 원의 생활 자금을 빌려주는 것이다.

"그게 뭐가 달라지는 거죠?"

"일단 저들이 장난치지 못하게 됩니다."

"저들이 장난치지 못하다니요?"

"사용권을 경매에 부칠 거거든요."

"경매에 부친다?"

"네. 당연히 원곡자의 이름은 기밀로 붙입니다."

"……!"

송예나는 라손의 장난을 걱정하지 않아도 된다는 말이 뭔지 알 것 같았다.

그렇게 된다면 자신의 이름을 알지 못하고 오로지 실력으로만 드러나게 될 것이다.

그러면 좋은 곡은 비싸게 팔릴 건 뻔한 일.

더군다나 이 곡은 경매해서 사용권만 사 가는 것이다. 그러니 그 저작권은 이쪽에 있다.

"그쪽에서 사고 난 후에 일정 시간 사용하지 않으면 그걸 반환하는 조건도 걸어 둘 겁니다."

가령 어떤 곡을 샀는데 자신들과 사이가 좋지 않은 작곡가일 수도 있다.

라손이 송예나의 곡을 산다면 그걸 사용할 가능성은 낮다.

그 상황에서 그걸 사용하지 않으면 저작권료가 들어오지 않아서 작곡가의 손해가 되어 버린다.

"1년 이내에 사용하지 않으면 그 곡은 다시 귀속됩니다. 당연히 그쪽의 계약 파기 사항이니 그들이 준 돈을 돌려줄 이유는 없지요."

"아……."

"제가 듣기로는 유명 작곡가도 무명 작곡가들의 곡을 빼앗는다고 하더군요."

"네."

잘해 봐야 150만 원.

그 돈을 주고 곡의 모든 권한을 넘겨야 하는 것이 무명 작곡가들의 삶이다.

"그런 사람들을 '유령 작곡가'라고 불러요. 저도 그중 한 명이고요."

사실 사람들이 몰라서 그렇지, 유령 작곡가들은 많다.

당장 드라마나 영화 등에도 배경음악이 들어간다.

어떤 작곡가는 4년간 칠백 곡이나 만들었는데 그가 받은 돈은 4년간 2천. 그러니까 매년 500만 원밖에 받지 못했다.

"장기적으로 우리는 모든 작사가와 작곡가를 저희 쪽에 소유할 겁니다."

"소유라고 하시면……."

"매니저가 된다고 보시면 됩니다."

매니저가 된다면 모든 거래는 자신들을 통해서 해야 한다. 다른 곳도 아니고 대룡을 통해서 말이다.

과연 대룡이 그를 대신해서 협상하는데 장난칠 수 있는 자들이 얼마나 될까?

"일반적인 곡의 경우는 경매를 통해서 판매하겠지만 OST 등은 계약을 통해서 만들어야겠지요. 물론 그 거래는 대룡이 합니다."

"거절하면요?"

노형진이 씩 웃었다.

"대룡의 영화관이 몇 개던가요?"

송예나는 부르르 떨었다.

대룡은 영화관 체인을 가지고 있다.

만일 그곳에서 합법적으로 거래하지 않고 강제로 빼앗은 곡으로 OST를 쓴 영화는 틀지 않는다고 못 박아 버리면, 과연 얼마나 많은 사람들이 불법적으로 거래할까?

아니, 애초에 그런 식으로 영화를 만든다고 하면, 투자자가 미치지 않고서야 그 영화에 투자하지 않을 것이다.

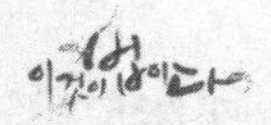

"성화가 무너지고 영화관들이 많이 망했지요."

성화가 무너지면서 그들이 만든 영화관 체인은 대룡이 집어삼켰다.

문화가 돈이 된다는 사실을 알아차린 유민택이 그걸 노린 것이다.

현재 대룡은 전국에 있는 영화관의 50% 이상을 점유하고 있다. 기존 영화관들과 제휴한 곳이 20%이고, 성화가 망하면서 집어삼킨 곳이 30%다.

상황이 이런데 과연 한국 시장에서 50%의 상영관을 적으로 돌리고 영화를 만들 사람이 있을까, 고작 작곡가에게 몇 백 안 주려고?

"그러니 곡을 파는 것은 어려운 게 아닙니다."

물론 실력이 너무 없으면 경매에 들어오지도 못한다.

그건 어쩔 수 없다. 대룡도 피해를 입을 수는 없으니까.

하지만 경매에 들어오지 않는다고 해도 매니지먼트의 경우에는 이야기가 달라진다.

수익의 일부를 가지고 오는 조건으로 계약하게 되면 이쪽에서 돈을 안 주고 계약할 수 있으니, 얼마든지 계약이 가능하다.

"경매에는 실력이 있는 작곡가들이 나갈 테고, 상대방은 그 곡을 듣고 마음에 들면 사는 거죠."

"음……."

그렇게 된다면 그들은 자신들의 힘을 잃어버리게 될 것이다.

"저들이 작곡가들에게 갑질을 할 수 있는 이유는 한 가지 뿐입니다. 바로 곡을 부를 가수를 가지고 있다는 것."

곡을 만들려고 하는 작곡가는 많다. 개인적으로 공부하는 사람도 있고 음악 쪽 대학에서 배우는 사람도 있다.

그러니 대체할 수 있는 사람들을 언제든지 구할 수 있으니까 갑질을 하는 거다.

"하지만 실력이 있는 사람들은 구하기 힘든 게 함정이지요."

"하지만 모든 사람들이 계약할 건 아니잖아요?"

대룡이 아무리 크다고 해도 매년 관련 전공자만 수백 명이 나온다. 그들과 일일이 계약해서 다 지켜 줄 수는 없다.

단순 매니지먼트도 그런데, 사용권 경매는 더 힘들다.

일단 1년간 매달 150만 원씩 생활 자금을 지원해 줘야 하기 때문이다.

"압니다. 하지만 그렇기 때문에 우리가 해야 합니다."

"네?"

"만일 송예나 씨가 대박을 낸다면…… 아니, 이미 내셨군요. 송예나 씨는 왜 우리 쪽에 오려고 하십니까?"

"그거야 갑질에 제 곡을 빼앗기는 게 싫어서……. 아하! 그렇군요!"

"네, 그런 거죠."

처음에는 운이 좋아서 무명 작곡가를 싼 가격에 불러다가 곡을 만들 수 있다. 그러다가 그게 운이 좋아서 대박이 날 수 있다. 그건 인정한다.

그런데 과연 그 짓거리를 얼마나 할 수 있을까?

그룹 하나를 만들기 위해서는 적지 않은 돈이 들어간다. 말 그대로 수억씩 들어간다고 표현한다.

그런 가수들에게 좋은 노래를 줘서 띄우는 것이 목표다. 그래서 유명한 가수들이 인기가 있는 거고.

그런데 이름도 없는 무명 작곡가들은 실력을 믿을 수가 없다.

설사 실력이 있다고 해도 작곡가의 지명도도 홍보에는 중요하다.

유명한 작곡가가 만든 곡은 한 번이라도 더 듣기 마련이니까.

그렇다고 뜰 때까지 무작정 곡을 줄 수도 없다.

일반적으로 그룹이든 솔로든 적자를 감수하면서 앨범을 낼 수 있는 기회는 아무리 능력이 좋은 기획사라고 해 봐야 세 번이다.

그 이상은 시간이 지나서 가치가 사라진다. 그냥 망한 가수인 것이다.

수억을 들여서 싸구려 곡을 주고 띄운다?

너무 위험한 게임이다.

설사 그렇게 해서 운이 좋게 떴다고 해도 이미 대박 작곡가가 된 그 사람이 그들의 터무니없는 조건에 다시 응해서 곡을 줄까, 아니면 더 높은 조건을 요구할까?

그들의 방식은 간단하다.

내 말을 안 들으면 이 세계에서 묻어 버린다는 것.

“하지만 경매장이 있는 한 그건 불가능하지.”

그들이 터무니없는 조건을 요구하면 성공한 작곡가는 그들과 계약하는 대신에 경매장으로 올 것이다.

자신의 실력에 자신이 있을 테니까.

성공하면 수억씩 벌 수 있는데 그걸 다 빼앗기는 일을 두 번 당할 바보는 없을 테니.

“경매장은 그러니까 언제든 너희를 버릴 수 있다는 일종의 증거군요.”

“네. 믿을 수 있는 일종의 방패인 셈이지요.”

그런 곳이 있고 없고의 차이는 어마어마하다.

모든 사람들이 그곳에 오지는 않을 것이다.

하지만 무명의 경우는 힘이 없으니 자신들을 대신해서 협상할 대룡에 찾아올 수밖에 없고, 유명한 사람은 굳이 대룡이 아니더라도 자신을 지킬 수 있게 된다.

그들이 등쳐 먹는 길이 원천적으로 막혀 버리게 되는 것이다.

“그러니까 송예나 씨만 마음을 먹으면 되는 겁니다.”

“저만…….”

송예나는 슬며시 입술을 깨물었다. 자신의 선택.

하지만 그녀의 고민은 짧았다.

이 상황에서는 결혼은커녕 당장 내일도 그리지 못한다.

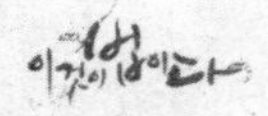

시간이 지나고 지명도가 올라가면 나아질 거라 생각했다.

하지만 모든 저작권과 권한을 빼앗기는 상황에서 지명도는커녕 사람들은 자기라는 존재 자체도 알지 못한다.

자신을 알지도 못하는데 지명도가 어떻게 올라간단 말인가?

그녀도 안다, 무명이 무명인 이유를.

이름을 알릴 기회가 없기 때문에 무명인 것이다.

무대 위에서 노래를 부르는 그들조차도 그럴진대, 그들에게 노래를 주는 자신은 지명도를 알릴 수 있는 기회가 있을 리 없다.

"할게요."

그녀는 입술을 꾹 깨물면서 말했다.

"어차피 이판사판이니까요."

"잘 생각하셨습니다."

"하지만 그렇다고 해도 쉬울 건 아닐 텐데요. 저들도 모르지는 않을 텐데……."

"걱정하지 마세요. 저도 두 번은 실수하지 않는 타입이라서요."

노형진은 싱긋 웃었다.

⚖

일단 노형진이 착수한 것은 송예나의 돈을 찾아오는 것이었다.

어차피 소송해서는 이길 수가 없다. 저들이 계약서를 완벽하게 조작해 놨기 때문이다.

"하지만 인터넷은 모르지."

노형진은 씩 웃으면서 말했다.

"과연 어떻게 나올까."

노형진은 저들의 약점이 정확하게 어딘지 알고 있었다.

그리고 그들을 공격할 충분한 인원도 가지고 있었다.

"자, 그러면 게임을 시작해 보자고."

노형진은 엔터를 강하게 눌렀고, 그렇게 쓰인 글은 인터넷으로 올라갔다.

그리고 그 글이 하나의 거대한 쓰나미가 되기까지는 얼마 걸리지 않았다.

"너, 그 소리 들었어?"

"〈붉은 눈물〉 말이지?"

"그래, 그거."

"야, 어떻게 그런 개 같은 짓을 할 수 있지?"

"그러게 말이야. 그렇게 그런 얼굴로 그런 악독한 짓을 할 수가 있냐?"

인터넷에서 도는 소문.

그건 다름 아닌 한창 1위를 하는 곡인 〈붉은 눈물〉을 부른 가수들인 큐빅이 그 노래를 원작자에게서 강제로 빼앗았다는 소문이었다.

그 소문은 어마어마하게 빠르게 퍼져 갔다. 그 배경에는 노형진이 있었다.

애초에 그 글을 맨 처음 올린 것도 노형진이었다.

물론 바로 지웠지만, 이미 볼 만한 사람은 다 보고 퍼 갈 사람은 다 퍼 간 후였다.

더군다나 그가 올린 곳은 그냥 인터넷이 아니었다. 바로 자신들이 만든 팬클럽 사이트였다.

과거에 악플 사건 때 진짜 공격적인 악플러들이 많이 사라졌다고 하지만 각 팬클럽의 화력은 어마어마할 수밖에 없었고, 남의 곡을 빼앗아서 1위 자리까지 올라간 가수라고 어마어마하게 공격하기 시작했다.

당연히 그들이 속해 있던 기업인 라손엔터테인먼트에서는 난리가 났다.

"뭔 개소리야! 그건 내 노래야! 내 곡이라고!"

"하지만 사장님……."

큐빅은 미치고 팔짝 뛸 상황이었다.

자신들이 한 거라고는 사장이 준 노래를 부른 것뿐이다.

그런데 졸지에 자신들은 터무니없이 남의 노래를 조폭을 동원해서 강제로 빼앗아 1위까지 올라간 그룹으로 찍혀 버린 것이다.

"이게 도무지 꺼질 생각을 안 합니다."

부장 역시 진땀을 흘리고 있었다.

사실 꺼지는 게 이상한 거다.

한두 명도 아니고 단순 안티도 아니고, 팬클럽협회에 속한 수많은 사람들이 대대적으로 인터넷에 떠들고 있으니까.

"기자들이 이 사태에 대한 취재를 요청했습니다."

"뭔 취재야!"

"사장님! 무시해서 지나갈 수 있는 시간은 이미 지났습니다. 지금 큐빅의 인지도가 얼마나 떨어지는지 모르십니까?"

"끄응."

김세무 사장은 머리를 부여잡았다.

그럴 수밖에 없는 게, 큐빅은 힘들게 띄운 데다 족히 5년은 넉넉하게 우려먹을 수 있는 그룹이었다.

그런데 갑자기 떠도는 헛소문 때문에 이미지가 말 그대로 시궁창으로 처박히고 있었다.

"사장님, 큰일 났습니다!"

"뭔데?"

"광고주가 계약을 해지하겠답니다."

"뭐라고!"

김세무는 벌떡 일어났다.

연예인이 돈을 버는 방법은 많지만 그중에서도 가장 많이 버는 곳은 다름 아닌 광고다.

"어디인데!"

"오존치킨입니다."

"크윽."

치킨 광고는 당대에 가장 인기 있는 그룹이 한다고 할 만큼 이미지의 척도가 된다.

그런데 계약 해지라니.

그 말을 들은 김세무는 기겁을 했다.

"사장님!"

"알아! 안다고!"

이런 것은 한 곳이 시작되면 다른 곳도 다 빠져나가게 되어 있다.

사실 나가는 건 문제가 아니다. 만일 이게 사실이라면 그들은 손해배상을 해야 한다.

이런 사태는 명백하게 자신들의 잘못이기 때문에 어마어마한 배상을 해야 하는데, 지금 큐빅이 한 계약을 생각해 보면 못해도 수십억은 배상해 줘야 한다.

"당장 기자회견을 준비해."

"뭐라고 하시려고요?"

"뭐긴 뭐야! 당당하게 내 거라고 해야지! 미쳤어!"

그것 말고는 이 상황을 수습할 수 있는 방법은 없다.

일단 저작권협회에 자신의 이름으로 등록되어 있으니 그걸 우길 생각이었다.

"아오, 씨발……. 머리 아파 죽겠네."

김세무는 다시 지끈거리는 머리를 부여잡을 수밖에 없었다.

⚖

“공식적으로 말하지만 〈붉은 눈물〉은 제 곡입니다.”

김세무는 확실하게 선을 그었다.

“여기 보시면 저작권협회 등록 기록이 있습니다. 확인해 주십시오. 명백하게 제가 소유하고 있는 곡입니다.”

증거로 등록 기록까지 내밀면서 자신이 억울하다는 주장을 하는 김세무.

그걸 보고 몇몇 우호적인 기자들은 고개를 끄덕거렸다.

하지만 그 안에 우호적인 기자만 있는 것도 아니었고, 또 그들이 바보는 더더욱 아니었다.

“하지만 이건 증거가 되지 않습니다.”

“무슨 말씀입니까? 여기 보세요. 제가 등록했잖습니까?”

“등록이야 할 수 있지요. 하지만 중요한 건 그게 아닐 텐데요.”

“무슨 말을 하고 싶은 겁니까?”

“인터넷상의 소문에 따르면 명백하게 곡을 빼앗았다고 되어 있습니다. 저작권이라는 것은 결국, 강제로 등록했다고 해도 등록이야 해 주지요.”

“어, 그러네?”

그 사실을 미처 알아채지 못했던 기자들은 서로를 바라보면서 눈을 빛냈다. 그 말이 맞기 때문이다.

중요한 건 이 노래가 누구의 소유인가가 아니라 누가 만들었냐다.

“본인이 만든 것 맞습니까? 아까 전에도 소유했다고 하셨지, 만들었다고는 하지 않으셨습니다. 보통은 자기가 만들었다고 하지 않나요?”

“으음…….”

김세무는 약간 곤혹스러워했다.

그럴 수밖에 없는 게, 자신이 만든 게 아니기 때문이다.

‘싯팔…… 예민한 새끼.’

사실 빼앗은 게 맞다.

하지만 그걸 인정하게 되면 큐빅은 끝장난다.

당연히 자신이 빼앗은 곡으로 떴던 수많은 그룹들 역시 위험해진다.

‘저 새끼들이 정당하게 산 거라고 하면 누구냐고 캘 텐데.’

기자들의 속성을 알고 있는 그는 돈을 주고 샀다고 말할 수는 없었다.

물론 사기는 했다, 터무니없이 적은 돈을 주고.

‘답은 하나뿐이네.’

그는 마음을 결정했다.

“그건 제가 만든 노래입니다.”

“직접 만드셨다고요?”

“네. 제가 직접 만든 곡입니다. 몇 날 며칠을 고민해서 만든 겁니다. 그런데 왜 이런 소문이 도는지 모르겠군요.”

그는 당당하게 말했고, 기자들 사이에서 한 남자가 희미한 미소를 떠올리고 있다는 것을 알지는 못했다.

⚖

“이게 소송 건수가 되는 거야?”

손채림은 소장을 쓰면서 고개를 갸웃했다.

“돈을 달라는 것도, 저작권을 달라는 것도 아니잖아?”

“상관없어.”

노형진은 서류를 정리하여 탁탁 두들겨서 가지런하게 하고는 봉투에 넣었다.

“민사에는 형식이 없어. 그래서 원하는 걸로 뭐든 할 수 있어.”

“그래서 그런 소문을 퍼트린 거야?”

“그래. 그가 선택할 수 있는 건 없거든.”

⚖

김세무가 그 상황에서 선택할 수 있는 카드는 몇 가지가 있었다. 그리고 그중 하나가 무시하는 것이었다.

하지만 이런 경우에는 부정하지 않으면 사람들이 그 의미를 긍정으로 받아들이기 때문에 최악의 선택이 된다.

결국 그에게 있어 최선의 선택은 기자회견을 통해서 소유권을 밝히는 것이었다.

"애초에 그 기자를 심은 것도 나인데, 뭐."

그가 거기서 무슨 말을 할지 예상하는 건 어려운 게 아니었다.

노래에 대한 소유권 문제를 밝히고자 한 기자회견이니까.

"노래가 자기 것이라고 하면 그다음 질문은 예상하기 편하지."

과연 자신이 만든 것이냐 아니냐의 문제.

"그런데 여기서 한 가지 문제가 생기거든."

만일 다른 사람의 곡을 샀다고 한다면 기자들은 당연히 그 사람을 찾기 위해서 노력할 것이다.

한창 연예계의 가장 핫한 떡밥이니까.

그렇게 되면 터무니없는 가격에 빼앗았다는 걸 인정할 수밖에 없게 된다.

그걸 김세무가 모를 리 없다.

"결국 남은 것은 자기가 만들었다고 하는 것뿐이지."

"그리고 그러면 우리가 소송을 걸고?"

"그래. 우리 목적은 돈이 아니라 송예나 씨의 명예야. 뭐, 돈도 좀 더 받아 올 예정이지만."

"하여간 너한테 걸리면 좋은 꼴은 못 보는구나."

애초에 소문이 퍼지는 순간부터 김세무가 할 수 있는 것은 없었다.

무슨 답을 선택하든 그 답의 끝에는 송예나의 존재가 드러날 수밖에 없도록 함정을 짜 둔 상태니까.

"자, 소장은 다 썼고."

이걸 법원에 제출하기만 하면 된다.

그러나 진짜로 재판까지 가지는 않을 것이다.

중요한 건 소송을 넣었다는 것이지, 재판을 해서 이기는 게 아니니까.

애초에 소송에서 지지도 않을 테지만.

"어억!"

김세무는 뒷목을 잡고 휘청거렸다.

법원을 통해서 날아온 소장.

그건 〈붉은 눈물〉 창작자의 성명을 밝히라는 것이었다.

"이런 미친년이!"

송예나를 생각한 김세무는 화가 나서 길길이 날뛰었다.

자신이 돈을 줘 가면서 곡 쓸 수 있게 도와줬는데 자신에게 소송을 걸다니

"간땡이가 부었군. 당장 이년을 불러와!"

"연락이 안 됩니다. 사장님, 중요한 건 그게 아닙니다. 기자들이 지금 난리입니다."

"끄응……."

"애초에 상대방이 새론입니다. 거기에다 노형진 변호사입니다. 이건 못 이깁니다."

"뭘 못 이겨! 내가 계약서 허투루 만든 줄 알아!"

수천만 원을 주고, 절대로 저작권을 찾아갈 수 없도록 몇 중으로 함정을 파서 막아 놨다.

하지만 그는 큰 실수를 하고 있었다.

"이건 절대 못 이겨요."

그에게 못 이긴다고 못을 박은 사람은 다름 아닌 그의 고문 변호사였다.

"그게 무슨 말이오, 못 이긴다니! 내가 절대로 저작권 못 찾아가게 못 박아 두라고 했잖소! 그래서 3천이나 줬잖아! 그런데 이제 와서 못 이긴다고 하면 뭐 어쩌라는 거야!"

김세무는 변호사에게 길길이 날뛰었다.

물론 변호사의 입장에서도 할 말은 있었다.

"그건 어디까지나 저작권을 다시 요구할 때의 이야기지요. 이건 그런 이야기가 아닙니다."

"뭐라고?"

"소장이나 제대로 읽어 보신 겁니까?"

변호사는 한숨을 쉬면서 고개를 흔들었다.

"이건 저작권을 다시 달라는 게 아니라, 왜 내가 만든 걸 방송에서 자신이 만들었다고 주장했느냐는 것에 대한 소송입니다."

"그게 무슨 말이야?"

"저작권을 달라는 게 아니에요. 내가 만든 걸 왜 넌 방송에서 자기가 만들었냐고 한 거냐, 그것에 대해서 사과하라 이거예요."

"무슨 말도 안 되는 개소리야? 저작권은 나한테 있는데!"

변호사는 눈을 찌푸렸다.

김세무가 아직 개념을 정확하게 이해하지 못하고 있는 걸 알아차린 것이다.

"저작권은 그 저작물에 대한 권리입니다. 그걸 이용할 권리를 부정하는 소송이 아니에요. 그 권한은 여전히 사장님에게 있어요."

"그럼?"

"하지만 그걸 만든 건 사장님이 아니라는 걸 인정하라는 거죠."

"무슨 말도 안 되는 소리야?"

"제가 간단하게 설명해 드리지요."

결국 변호사는 한참을 고민하다가 그가 이해할 수 있을 정도로 간단하게 설명해 줬다.

"사장님이 태어나서 입양되었다고 한다면, 그 보호자는 입장자이지요?"

"그렇지."

"하지만 진짜 사장님을 낳아 준 건 다른 사람이지요?"

"그렇지."

"그 점을 지적하는 거예요."

보호자의 자격은 입양을 통해 입양을 한 사람에게 넘어간다. 그리고 그 아이를 보호하기 위해서 하는 모든 선택은 그 입양한 보호자가 할 수 있다.

그러나 아무리 그렇다고 해도, 아이를 낳은 사람이 다른 사람이라는 것은 부정할 수 없는 사실이다.

"그러니까 이건 그걸 인정하라는 소송입니다. 당연히 저작권을 달라는 소송이 아니니 우리가 못 이기지요. 제가 드린 계약서는 저작권을 돌려주지 않도록 구성된 거지, 이런 걸 부정하라고 구성된 게 아니거든요."

"이런 미친."

이것이 바로 노형진이 찾아낸 계약서의 약점이었다.

대부분의 경우 권리를 빼앗는 것에 집중하게 되어 있지, 누가 만들었는지에 집중하지는 않는다.

물론 권리를 주장하지는 못한다. 그건 바뀌지 않는 사실이다.

그리고 다른 직업이라면 문제가 되지 않을 것이다.

하지만 다른 직업도 아니고 대중의 사랑을 먹고사는 연예인들에게는 이런 문제는 치명적인 타격이 될 수 있다.

"이건 못 이겨요."

변호사는 확실하게 못을 박았고, 김세무의 얼굴은 점점 일그러져 갔다.

"저희 쪽에서는 이 부분은 확실하게 지적하고 넘어가고자 합니다. 〈붉은 눈물〉은 저희 의뢰인인 송예나 씨가 라손엔터테인먼트에 넘긴 작품으로, 송예나 씨가 만든 작품입니다. 그 부분을 인정하지 않고 무단으로 자신이 작곡했다고 하는 것은 창작자를 무시하는 심각한 행위입니다."

노형진은 기자들을 데리고 기자회견을 하고 있었다.

안 그래도 김세무의 말에 의구심을 가지고 있던 기자들은 서둘러서 몰려와 노형진의 말에 귀를 기울이고 있었다.

"그러면 저작권자는 김세무 씨가 아니라 송예나 씨라는 건가요?"

"그렇지 않습니다. 송예나 씨가 개인적 사정으로 인해서 어쩔 수 없이 저작권을 판매했기 때문에, 저작권자는 김세무 씨가 맞습니다."

노형진은 거짓말을 하지는 않았다.

분명 저작권자는 김세무가 맞기 때문이다.

'하지만 어 다르고 아 다른 게 사람이지.'

'어쩔 수 없는 사정으로 판매' 등의 이야기를 하는 것은 불법이 아니다.

그리고 김세무가 오해받게 할 만한 말장난을 하는 것도 어려운 일이 아니었고 말이다.

"그 조건이 뭡니까?"

"말씀드릴 수 없습니다."

"어째서요?"

"계약서상에, 계약 조항을 누설하면 엄청난 손해배상을 하게 되어 있거든요."

"엄청난 손해배상?"

"그렇습니다. 그래서 말씀드리지 못합니다."

"도대체 얼마나 손해배상을 해야 하기에……?"

"뭐, 벌어들인 돈보다 나갈 돈이 더 많아진다고만 알고 계시면 됩니다."

기자들은 눈을 반짝거렸다.

아무리 그래도 배상금이 그렇게 많지는 않을 것이다.

계약 내용의 공개를 꺼리기는 하지만, 그게 새어 나간다고 기업이 망하거나 하지는 않을 테니까.

그럼에도 불구하고 번 돈보다 나갈 게 많다면 결론은 한 가지뿐이다.

"애초에 받은 돈이 터무니없이 작은가 보군요."

"그것도 말씀드릴 수 없습니다. 계약 내용은 기밀 사항입니다."

"그런데 왜 넘긴 건가요? 터무니없는 조건인 것 같은데."

"그건 저희가 아니라 라손엔터테인먼트 측에 물어보시는 게 빠를 겁니다."

"네?"

"솔직히 전 왜 이런 조건을 내건 건지 이해하지 못하겠습니다. 아, 이건 어디까지나 제 사견입니다."

노형진은 씩 웃으면서 말했다.

'과연 뭐라고 해석할까?'

이건 여러 가지로 해석할 수 있는 말이다.

이해할 수 없을 정도로 후한 조건일 수도 있고, 반대로 터무니없이 사악한 조건이라는 표현일 수도 있다.

물론 그 분석은 기자들이 할 테지만 말이다.

"그 개인적인 사항이라는 건 뭡니까?"

"글쎄요……."

노형진은 잠깐 말을 멈추고 자신의 뒤에 앉아 있는 송예나를 바라보았다.

"아무래도 그건 저희가 말할 수가 없겠군요."

"네?"

"조건이나 자세한 사항은 라손엔터테인먼트에 물어보시는 게 제일 좋다고 생각합니다."

"왜요? 개인적 사정이라면서요?"

"그러니까 말을 하지 못하는 겁니다."

기자들은 잠깐 인터넷에서 돌았던 소문을 떠올렸다.

조폭을 동원해서 강제로 곡을 빼앗았다는 말.

"혹시 조폭을 동원해서 강제로 빼앗았다는 겁니까?"

"저희는 계약 조건에 대해서는 말씀드리지 못합니다. 자세한 건 라손에 물어봐 주십시오. 기자회견은 여기까지입니다. 저희가 원하는 건 하나입니다. 송예나 씨가 원곡자였다는 것을 인정해 달라는 것뿐입니다. 이상입니다."

노형진은 거기까지만 말하고 단상에서 내려왔다.

그리고 계속 던져 오는 기자들의 질문을 철저하게 무시하면서 송예나를 데리고 바로 무대 뒤로 빠져나왔다.

노형진이 무대 뒤로 나오자 기다리고 있던 손채림이 히죽 웃었다.

"진짜 묘한 타이밍에 끊어 버리네."

"원래 그래야 상상력을 자극하는 법이거든."

그들은 조폭에 관련된 질문을 했다. 그런데 그것에 대해서 갑자기 말을 딱 끊어 버리면서 내려왔다.

거기에다 조건에 대해서 말할 수 없다는 이상한 소리까지 하면서 말이다.

물론 계약서 내에 있는 조항이기는 하지만.

"기자들이 뭐라고 생각할까?"

자신이 한 말에 거짓은 없다. 다만 살짝 비튼 것뿐이다.

"자, 그러면 라손에서 뭐라고 하는지 기대해 보자고."

⚖

"이런 염병할!"

라손은 엄청난 위기에 빠졌다.

곡을 빼앗은 게 아니냐는 질문이 거의 곡을 빼앗은 거라는 확신으로 바뀌었기 때문에 큐빅뿐만 아니라 소속 가수가 가는 곳에는 환호가 아니라 야유가 쏟아졌고 조폭 기획사라는 꼬리표가 따라붙었다.

그런데 문제는 실제로도 그렇다는 것이다.

라손의 김세무 사장은 과거에 조폭과 연관이 있었다. 과거 조폭들이 운영하던 기획사가 커진 게 바로 라손이었으니까.

물론 시절이 지나서 이제 관련된 조폭도 사라지고 과거의 기억은 흐려졌지만, 누군가는 그걸 기억하기 마련이다.

"사장님, 어떻게 해서든 사건을 무마해야 합니다."

"뭐 어떻게!"

"그게……."

기자들은 조건을 공개하라고 집요하게 요구하고 있었다.

그러나 조건을 공개하면 곡을 빼앗았다는 걸 인정하는 꼴밖에 안 되기 때문에 절대로 그럴 수는 없다.

"젠장……."

곡만 빼앗으면 그만이라고 생각했다.

사실 과거에는 그랬다.

어디에 하소연할 수 있는 매체도 없고, 그나마 가능한 대상이 기자들뿐인데 기자들은 소속사랑 친하다 보니 당연히 그런 걸 기사로 써 주지 않기 때문이다.

그래서 곡을 빼앗는 것은 흔하게 벌어지는 일이었다.

하지만 지금은 인터넷과 SNS의 발달로 인해서 이런 식으로 곡을 빼앗는 게 어마어마한 역풍을 불러일으키고 있었다.

"사장님, 그들과 협상을 하는 수밖에 없습니다."

"협상? 뭔 협상? 이미 내 거라고!"

"하지만 이대로는 다른 가수들이 다 망합니다."

큐빅은 일단 광고가 다 떨어졌다. 그뿐만 아니라 다른 사람들과의 거래도 문제가 되고 있었다.

팬들이 뭐라고 하면 조폭 집단을 믿느냐면서 매도당하니, 어지간한 골수팬이 아니면 너도나도 떠나고 있었던 것이다.

"이제 와서 어쩌란 말인가."

"계약서를 공개해야지요."

"자네 미쳤나!"

김세무는 기겁했다.

계약서를 공개하면 곡을 빼앗았다는 증거가 된다. 그러니 절대로 공개해서는 안 된다.

"다른 계약서를 공개하는 겁니다."

"다른 계약서?"

"네."

"위조해서 공개하자는 건가? 하지만……."

그렇게 되면 더 곤란해질 수 있다.

계약 내용을 누설하지 말라는 조항은 있지만 계약 내용을 부정하지 말라는 조항은 없다.

자기들은 저런 내용으로 계약한 적이 없다고 하면 계약서 조작까지 뒤집어쓸 가능성이 높다.

"방법은 지금이라도 새로 계약서를 쓰시는 것뿐입니다."

"새로운 계약서라니?"

"사람들이 납득할 만한 계약서 말입니다. 그걸 쓰면 저들도 어쩌겠습니까?"

"그래야겠군. 어찌 되었건 이 순간을 넘겨야 하니까."

김세무의 입에서는 한숨부터 나왔다.

그러나 고난은 지금부터였다.

---

"우리가 왜요?"

노형진은 어이가 없다는 표정으로 김세무를 바라보았다.

"아니, 계약서를 새로 쓰자는 게 그게 어려운 부탁은 아니잖습니까? 어차피 끝난 계약인데."

"그래요, 끝난 계약이지요. 그걸 왜 신경 써야 하지요? 더군다나 추가적인 자금 제공도 없이 그냥 계약서만 고치자? 그걸 저희가 받아들일 이유는 없을 것 같은데요?"

"……."

그들이 계약서를 다시 쓰자고 했지만 그건 새로 쓴 계약서를 지키겠다는 게 아니었다. 그냥 새로 계약서를 만들어서 공개하자는 것뿐이었다.

당연히 그 과정에서 추가적인 자금이나 새로운 계약의 이행이 이루어지지도 않을 것이다.

"이익."

김세무는 무서운 눈빛으로 송예나를 노려보았다.

송예나는 그런 그의 눈빛에 겁을 먹고 움츠러들었지만 노형진이 손을 들어서 그의 시선을 막아 버리자 그나마 좀 마음이 편해졌다.

"무슨 짓이지요?"

노형진은 분명히 경고하려고 김세무를 바라보면서 나지막한 목소리로 말했다.

하지만 김세무는 노형진의 말을 무시하고 있었다.

"너, 이만 짓 하고 이 바닥에서 밥 먹고 살 것 같아? 응? 죽고 싶어서 환장했구나."

"……."

'그래, 이럴 줄 알았다.'

상대방이 변호사까지 끼고 들어왔다는 걸 알면서도 저러는 걸 보니 송예나를 파묻어 버릴 자신이 있는 모양이다.

더군다나 끼어든 이가 다른 사람도 아니고 새론과 노형진인데 말이다.

"그래요? 하지만 어쩌나, 이미 전속 계약이 되어 있는데?"

"뭐라고? 이년이 증말!"

벌떡 일어나서 손을 올리는 김세무.

하지만 그의 손은 올라가기는 했어도 내려가지는 못했다.

"대룡이랑 싸우게요?"

"……."

상대방이 대룡이라면 이야기가 달라진다.

그들이 진짜로 싸우자고 하면 김세무의 라손엔터테인먼트쯤은 순식간에 처바를 수 있기 때문이다.

"대룡과 전속 계약했습니다."

"……."

김세무는 부들부들 떨며 손을 내렸다.

"씨발, 원하는 조건이 뭔데?"

"2억 5천."

"뭐? 이 씨발, 개 같은 새끼야! 고작 100만 원이면 살 수 있어! 그리고 톱클래스 작곡가도 1억은 안 가, 씨발 새끼야!"

"하지만 그걸 가지고 당신은 얼마나 벌었지요? 그리고 그

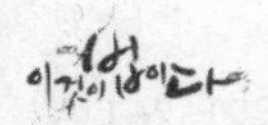

계약은 저작권을 가지고 오지 않는 조건 아니던가요? 제가 바보로 보입니까? 설마 제가 이곳 룰에 대해서 모르리라고 생각하세요?"

"크윽……."

그랬다.

이미 저작권료로 수억을 벌었고, 장기적으로도 수억이 들어올 것이다. 그리고 저작권을 넘기는 조건이 없다.

만일 〈붉은 눈물〉처럼 뜬 곡을 저작권까지 넘겨받으려면 그 돈은 줘야 한다.

"안 해! 못 해!"

"알겠습니다. 그러시지요."

김세무는 일단 튕겨 봤다.

물론 그에게 2억 5천은 큰돈은 아니다. 하지만 생돈이 나가게 생겼는데 그걸 그냥 받아들일 수는 없었다.

"일어나시죠."

노형진은 가차 없이 일어났다.

"어어?"

김세무는 당황했다.

어떻게 해서든 합의할 거라 생각했다. 그런데 주저하지 않고 일어나다니.

"잠깐, 합의는?"

"안 한다면서요?"

"뭐?"

"당사자가 안 한다는데 저희가 무슨 힘이 있습니까?"

"으윽."

설마 진짜로 파토를 낼 거라 생각하지 못했던 김세무는 부들부들 떨었다.

"너희가 이러고도 무사할 것 같아?"

"글쎄요."

노형진은 씩 웃었다.

"저희는 문제가 안 되는데, 누구 한 명 양심선언 같은 거 하면 그쪽이 문제가 되지 않을까요?"

"양심선언? 뭔 양심선언?"

"가령 곡을 빼앗을 때 동원된 조폭이라든가."

"자…… 잠깐! 난 조폭 동원한 적 없어!"

"누가 뭐래요? 그런 양심선언을 한다면 그렇게 된다는 거지."

김세무는 등골이 오싹했다.

'그러고 보니, 씨발…….'

잊고 있었다, 노형진이 조폭들과 선이 닿아 있다는 소문.

그럴 수밖에 없는 게, 조직 하나에 지역 공연권을 주고 빠르게 세를 불렸다는 사실은 이쪽에서 일하는 어지간한 사람들은 다 알고 있기 때문이다.

'씨발…….'

안 그래도 조폭을 동원해서 빼앗았다고 소문이 돌고 있다.

돈 받고 사람 패 주는 게 조폭인데, 돈 받고 거짓 양심선언 하는 것쯤이야 진짜 별거 아닐 것이다.

더군다나 자신의 과거를 생각하면 자신이 부정한다고 해도 사람들이 믿어 줄 것 같지는 않았다.

"물론 조폭이 억하심정을 가지고 있다면 그렇겠지요. 혹시 조폭이랑 연관되거나 한 적 있으신가요?"

다 알면서도 캐묻는 노형진의 말에 김세무는 이를 박박 갈았지만 방법이 없었다.

"씨발, 알았다! 알았어! 주면 되잖아!"

여기서 돈을 안 주면 큐빅은 끝장난다는 걸 그는 오랜 경험으로 알고 있었다.

다른 것도 아니고 걸 그룹이다.

걸 그룹이 이미지가 박살 나면 뭐가 남겠는가?

물론 골수팬은 남아 줄 것이다.

하지만 돈이 되는 것은 골수팬이 아니다.

골수팬이 많이 팔아 준다고 해도 진짜 돈이 되는 광고를 찍을 수도 없으며, 행사를 많이 뛸 수도 없다.

이미지가 박살 난 걸 그룹은 돈 까먹는 기계 그 이상도 그 이하도 아니다.

"좋습니다."

노형진은 자리에 앉았다. 그리고 김세무에게 세 종류의 서류를 내밀었다.

"뭐야? 왜 세 종류인데?"

"다른 두 곡은 안 하실 겁니까?"

"이런 씨팔……."

김세무는 입술을 깨물면서 분노를 삼키는 것 말고는 할 수 있는 게 없었다.

"이게……."

송예나는 정신이 없었다.

자신의 손에 들어온 돈 3억 5천.

다른 곡들까지 합쳐서 받아 낸 돈이다.

"원래 받아야 하는 돈보다는 적을 테지만, 그래도 이 정도면 지금까지의 문제를 해결할 수는 있을 겁니다."

"충분히 그러고도 남죠."

노형진은 미소를 지으며 그녀를 바라보았다.

그녀는 몇 시간째 자신의 계좌에 찍혀 있는 금액을 정신없이 바라보고 있었다.

"어떻게 그들이 줄 거라는 걸 알았지요?"

"시대가 달라졌거든요. 그리고 불공정의 시대일수록 사람들은 분노합니다."

"네?"

"과거처럼 기자들을 사바사바해서 덮을 수 있는 시절이 아니라는 거죠."

더군다나 현 정권 들어서면서 급속도로 부패가 심해지고 빈익빈 부익부가 심해지고 있다.

그런 상황이라면 사람들은 자연스럽게 분노한다. 단지 그걸 표출하지 않을 뿐.

"그런 상황에서 표적을 하나 콕 집어 주면 그곳에 자신도 모르게 그 분노를 표출하지요."

사람들의 휘몰아치는 분노는 어마어마하다.

다른 곳도 아니고 연예 기획사들이 그걸 무시할 수는 없다.

"하지만 다른 곳들은 그냥 넘어가는 경우도 있던데."

손채림은 그 부분이 이상했다.

부도덕한 연예 기획사가 그곳만 있는 게 아니다. 인터넷에 까발려진다고 해도 대부분 욕을 할지언정 시간이 흐르면 유야무야 지나가는 게 보통이다.

"그래서 내가 조폭이라는 단어를 포함시킨 거야."

"조폭?"

"그래."

다른 사건들은 자기들끼리의 분란이다.

가장 멍청한 걱정이 연예인 걱정이라는 말처럼, 그들의 부도덕한 계약 문제는 그들의 문제라고 생각하는 사람들이 많다.

하지만 조폭이 끼어들면 이야기가 달라진다.

"조폭이 끼어들면 그건 민간인에게도 영향을 줄 수 있다는 뜻이 되거든."

"음……."

"그리고 우리가 만든 팬클럽이 생각보다 일을 잘해 줬어."

그들이 집중적으로 공격하고 분위기를 선도한 덕분에 안티가 팍 늘어났다.

"아마 당분간은 고생 좀 할 거야. 다시는 이런 짓 못 하겠지."

하고 싶어도 곧 경매장이 만들어질 테니까 하지도 못할 테지만.

"이제 끝이야?"

"아니, 이제 시작이지. 두 번은 같은 실수 할 생각이 없으니까."

# 채찍의 맛

노형진은 자신의 실수를 정확하게 알고 있었다.

배려 차원에서 한 거라고 하지만 너무 당근만 준 것이다.

상대방에 대한 공포가 있어야 그가 베푸는 호의에 감사할 줄 알게 되는 게 인간이다.

그런데 그동안 노형진과 대룡은 너무 당근 위주의 정책만 써 왔다.

대룡이 채찍질을 하면 그에 맞고 바로 날아갈 정도로 부실한 기업들이니 그들을 키우기 위해서는 어쩔 수 없기도 했다.

더군다나 과거에는 성화라는 적이 있어서, 섣불리 채찍질하면 그들에게 가서 붙어 버릴 가능성도 무시할 수 없었다.

하지만 이제는 상황이 달라졌다.

커질 대로 커진 놈들이 고개를 빳빳하게 들고 덤비고 있었고 그들이 다시 갈 성화는 없다.

“왜들 말씀이 없으십니까?”

노형진은 씩 웃으면서 말했다.

예상치 못한 공격을 당한 사람들은 정신을 차리지 못하고 요구 사항을 다시 한 번 내려다봤다.

“이건…… 우리 죽으라는 소리 아닙니까?”

“아니죠. 저희가 무리한 부탁을 하는 건가요? 저작권자들에게 정당한 권한을 인정해 달라는 것뿐인데.”

“우리가 정당한 권리자요!”

“반쯤 강제로 곡을 빼앗으신 거잖아요?”

일단 송예나의 문제는 해결했으니 그다음에 해결해야 하는 것은 바로 내부의 적이었다.

이미 배신하려고 했던 자들인 만큼 배려해 줄 생각 따위는 없었다.

“가수들이 성공하지 않았습니까? 그래서 돈도 많이 번 걸로 알고 있는데요. 그러면 주변에 베풀 줄도 아셔야지요.”

“우리가 투자한 돈이 얼만데!”

“생각보다는 많지 않을 텐데요?”

돈이 많이 들어가는 부분은 대부분 조합에서 지원해 줬다.

연습실은 대룡에서 지원했지만, 초반에 돈이 많이 들어가는 차량과 메이크업 팀은 조합에서 지원해 준 것이다. 게다가 사무실과 공통 인력도 지원했다.

그러니 기존의 방식과 비교하면 아무리 못해도 돈이 4분의 1 이하로 들어갔을 것이다.

"그러면 베푸셔야지요."

내부 조사를 해 보자 노형진은 기가 막혀서 말이 안 나올 지경이었다.

작곡료로 150만 원 정도 받는 게 평균이며, 당연하게도 저작권은 인정되지 않았다.

사실 규모가 작다 보니 초반에 많은 돈을 주지 못하는 것은 이해라도 하는데, 자신들이 가수를 데리고 있다는 이유만으로 그들의 모든 것을 빼앗았던 것이다.

"우리가 요구하는 건 간단합니다. 지금이라도 저작권을 인정하시고 돈을 주시든가, 아니면 정규직으로 채용해서 월급을 주시든가."

정규직으로 채용해서 월급을 주게 된다면 그 업무로서 만들어진 곡에 대한 권한은 기업이 가지는 게 맞다. 그러니 권한을 가지고 싶다면 그래야 한다.

하지만 그렇게 되면 월급도 늘어나고 4대 보험에 퇴직금까지 해 줘야 하니 아까워서 그렇게 하지 않는 것이다.

"이 바닥의 룰도 모르는 녀석이!"

누군가가 거칠게 말했다.

"우리가 애들 키우느라고 얼마나 고생했는지 알아? 그런데 이제 와서 너 같은 새끼가 끼어서 착한 척한다고 세상이 바뀌어?"

"바뀔 겁니다. 그 전에 옛정을 생각해서 말씀드리는 거구요."

노형진은 담담하게 말했다.

"웃기지 마! 절대 그렇게 못 해!"

"어떤 불이익이 갈지도 모릅니다만?"

"잊고 있는 모양인데, 우리는 조합이야! 알아? 조합은 모두가 다 평등하다고! 대룡에서 나왔다고 우리를 마음대로 할 수는 없어. 안 그렇습니까, 여러분?"

"맞소이다."

"갑질을 그만둬라! 그만둬라!"

자신들이 갑질로 남의 재산을 빼앗고는 갑질을 그만두라니.

'이건 뭐, 말을 할 가치도 없군.'

하긴 대부분이 양아치라고 하니 반성은 애초부터 기대하지 않았다. 그저 마지막에 기회를 준다 생각하고 이야기를 꺼낸 것뿐이다.

당근은 더 이상 줄 생각이 없었으니까.

"그러면 저희는 저희가 알아서 하지요. 어떤 불이익이 있더라도 감수하시기 바랍니다."

"이러고도 너희가 멀쩡할 거라 생각한 거야!"

"우리가 가만히 당하고만 있을 줄 알아!"

그들은 당장 언성을 높이기 시작했다.

자신들에게는 자신들을 지지하는 팬클럽이 있고 지지하는 국민들이 있다.

연예인이라는 것은 아주 좋은 이미지를 가지고 있다. 그러니 그들을 이용하면 대룡을 천하의 개쌍놈으로 만들 수 있다.

"조합에서 탈퇴하겠어!"

"하시든가."

노형진은 시큰둥하게 말했다.

어차피 저들은 나갈 기회만 노리고 있었다. 그리고 자신들의 이권을 찾을 기회만 바라고 있었다.

그걸 뻔히 알고 있는데 말이다.

"하지만 쉽지는 않을 겁니다."

⚖

"이번 사태에 대해서 저희는 무릎을 꿇고 정식으로 모든 가수들과 팬분들에게 사죄의 말씀을 드립니다."

기자회견장에서는 박상규가 사죄를 하고 있었다.

그는 단순히 사과의 말을 하는 정도가 아니라 무릎을 꿇고 이마를 바닥에 대면서까지 극도로 사과했다.

그리고 그 모습은 전국으로 생중계되고 있었다.

사과는 맞다.

하지만 사장단의 말처럼 그들에게 굴복해서 하는 사과가

아니었다.

“저희 대룡은 작곡가와 안무가 역시 문화를 만드는 대표적인 장인이라고 생각합니다. 하지만 요 근래 한국 문화계에서 작곡가들의 곡을 무차별적으로 빼앗는 행위가 있음이 드러났으며, 안무가의 안무는 아예 저작권을 인정하지 않고 있음이 알려졌습니다.”

박상규는 계속해서 사과문을 읽었다.

“그리고 제가 새로 오기 전 전임 사장 시절부터 저희 대룡 역시 그런 방식으로 운영되었다는 사실을 얼마 전 알게 되었습니다. 저희 대룡은 모든 국민들이 평등하게 일하고 존중받으며, 일한 만큼의 보수를 받을 수 있는 곳을 만들기 위해서 수년간 노력해 왔습니다. 그러나 이번 사태로 인해서 대룡엔터테인먼트가 모르는 곳에서 착취해 왔다는 사실을 알게 되었습니다.”

눈물을 훔치면서 힘겹게 사과문을 읽는 박상규.

그 모습을 보는 기자들이 상황이 이해가 가지 않았다.

“하지만 그건 지금까지 알려지지 않은 일 아니던가요?”

그랬다.

기자들이 이렇게 관심을 보이는 것은, 이런 상황이 한 번도 알려진 적이 없기 때문이다.

물론 기자들이야 서로 알고 있지만 기사화시키는 경우는 드물었다.

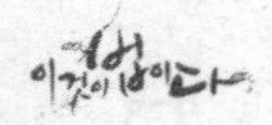

그런데 알려지지도 않은 일에 대해 대룡의 상무라는 사람이 무릎까지 꿇어 가면서 사죄하다니.

'미친 거 아냐?'

사람들이 생각하는 사과는 잘못하다가 걸렸을 때 하는 것이었다.

그런데 잘못한 것을 숨기는커녕, 지금까지 관행으로 이루어져 오던 걸 정면으로 들이받아 버린 것이다.

"사과는……."

박상규는 확실하게 말했다.

"자신의 반성을 담아야 합니다. 남이 알지 못하니까 그냥 넘어가자, 그건 반성이 아닙니다. 나중에 잘하면 되겠지, 그것도 반성이 아닙니다. 반성은 자신의 잘못을 인정하는 것에서부터 시작됩니다. 엔터테인먼트 사업은 대중과 호흡하고 그들과 함께하는 것입니다. 그런데 저희가 좀 편하자는 이유로 비리를 감추고 깨끗한 척하는 것은 절대로 사과라 볼 수 없습니다."

"그 말은, 지금까지 벌어진 일을 대룡이 인정한다는 것입니까?"

"그렇습니다. 대룡은 사과의 의미로 그동안 인정받지 못했던 음악 및 안무 저작권자에 대한 배상책을 준비 중이고, 또한 저작권을 구입하여 그분들의 수익을 올려 드릴 생각을 하고 있습니다."

"그게 무슨 말씀이시지요?"

"말 그대로입니다."

박상규는 음악의 경매장 시스템에 대해서 설명했으며, 또한 저작권자를 위한 매니지먼트를 최소한의 수익으로 할 거라는 것을 발표했다.

"최소한의 수익이라면?"

"말 그대로 최소한의 수익입니다. 인건비와 운영비 등을 최소한으로 할 것이며, 그 이후에 남는 수익은 전액 불우 이웃 돕기에 쓸 예정입니다."

"그 사건에 대해서 할 말은 없는 겁니까?"

"유구무언이라는 말이 있지요. 사과하는 사람이 어찌 변명을 하겠습니까. 회장님께서는 사과할 때 해서는 안 되는 말이 변명이라고 하셨습니다. 이 일은 저희가 잘못한 것이고, 그 책임을 지려고 하는 것입니다."

발표는 계속되었고 기자들의 플래시는 계속 터져 나갔다.

"당했습니다."

박상규의 기자회견은 사장단에게 치명적으로 다가왔다.

그럴 수밖에 없는 게, 당장 그들의 생존 활로가 막혀 버렸기 때문이다.

"대룡에서는 권리자에게 합당한 권리를 인정하지 않는 기업의 그룹이나 가수는 인터넷 방송에 출연시키지 않겠다고 했습니다."

"이건 횡포입니다! 횡포!"

"우리가 아무리 말해도 소용이 없네."

사장단의 대표가 된 아상록은 입술을 깨물면서 말했다.

"저들이 먼저 사과한 것이 치명적이야."

누구도 뭐라고 하지 않았는데 대놓고 먼저 사과한 대룡의 행동에 사람들은 '역시나 대룡이다. 진짜 바른 기업이다.'라고 이야기하기 시작했다.

사실 그들이 칭찬을 받는다는 것은 좋은 일이다.

문제는 그들이 바른 이미지를 가지고 간다면, 자신들의 피해자 코스프레가 먹히지 않는다는 것이다.

"우리 가수들을 동원해서 어떤 식으로든 언론 플레이를 해야 하는 거 아닙니까?"

몇몇 경험이 없는 사람들이 그렇게 주장했지만 아상록은 고개를 흔들었다.

그가 사장단의 대표가 된 것은 그가 경험이 많기 때문이다.

"뭐라고? 우리가 빼앗은 건데 너희가 사과하면 어쩌느냐고?"

"네?"

"저들이 이 문제에 대해서는 먼저 당위성을 가지고 갔어. 자신들이 먼저 대놓고 사과해서 올바른 이미지를 가지고 갔는데 우리가 그 사과에 반발해서 업계 관행이라고 말하면 사람들이 뭐라고 할 것 같나?"

"아……."

"그렇게 된다면 아마 우리 가수들도 버려지겠지."

유명 가수들을 여럿 데리고 있는 거대 기업들이 아니라 잘해 봐야 한 명 또는 한 팀만 데리고 있고, 그나마도 아니면 한 개 그룹을 여러 기업이 제휴해서 만들기도 한 규모인 이들은 그 가수가 망하면 답이 없게 된다.

"젠장."

없는 것을 사과하는 것은 전혀 예상하지 못한 카드였다.

물론 아예 없는 것은 아니지만 이 바닥의 관행에 비하면 대룡은 무척 양심적으로 거래해 왔다.

그런데 그것마저도 사과해 버렸으니, 관행이라고 핑계를 대며 비양심적인 행동을 해 온 사람들에게는 치명적일 수밖에 없다.

"대표님, 어쩌지요? 우리 애들이 동요하고 있습니다."

"인터넷 방송국에서는 뭐라고 합니까?"

걸리는 건 그 부분이다.

지금 가수들이 활동하는 무대는 방송국 아니면 대룡이 만든 인터넷 방송국뿐이다.

방송국은 뚫기가 힘들어서 대룡의 인터넷 방송국에서 많이 활동하는 것이 이들이다.

그리고 이들은 그 부분이 제일 두려웠다.

"그 부분을 공략합시다."

"네?"

"우리가 이기려면 그놈들이 우리에게 갑질을 한다는 것을 확실하게 보여 줘야 합니다. 싸움이 시작되었으니 당연히 인터넷 방송 출연을 막겠지요."

"아!"

가장 강력한 무기를 가지고서도 대룡이 휘두르지 않을 리 없다.

"그러면 우리는 우리가 약자인 것을 어필할 수 있습니다."

"좋은 생각이네요."

"을이라는 것도 때로는 무기가 되는 법입니다."

을질을 제대로 해 보겠다는 생각에 아상록은 눈을 빛냈다.

'이 바닥에 대해서 제대로 알지도 못하는 새끼들이 덤비겠다고? 내가 이 바닥에서 여론 몰이만 30년을 넘게 해 왔다. 쉽지는 않을 것이다, 흐흐흐.'

그는 방송 출연이 막히면 어떤 식으로 기자회견을 할까 하는 생각에, 머릿속으로 이리저리 구도를 짜고 있었다.

"네?"

"우리는 그쪽 사정 알 바 아니고."

대룡의 인터넷 방송국을 찾아간 아상록과 사장단은 방송 국장의 말에 당황했다.

사실 출연하지 못한다고 하면 이렇게 당황하지는 않았을 것이다. 하지만 그들의 예상과 반대되는 말 때문에 당황할 수밖에 없었다.

"우리는 출연시킨다니까요. 대룡엔터테인먼트 쪽과도 그렇게 이야기가 되었고요. 그쪽도 이해했습니다. 우리 쪽과 그쪽은 상관없다고요."

"하지만……."

"하지만이고 자시고, 애초에 같은 기업 소속이지만 전혀 다른 계열사예요. 그쪽이랑 관련이 없는 건 아니지만 운영은 우리 쪽이 다 알아서 하는데 그쪽에서 뭐라고 할 수가 없지요."

국장은 그렇게 말하면서 사장단을 바라보았다.

"그러니까 출연하는 건 걱정하지 않으셔도 됩니다."

"그, 그런가요?"

"왜요? 뭐, 불만이 있으신가요?"

"부, 불만요?"

"뭐, 저희의 입장이 그렇다는 거지, 그쪽에서 불편해서 출연을 고사하시겠다면 저희도 말릴 수는 없지요."

국장은 어깨를 으쓱했다.

그들이 출연하지 않겠다고 한다면야 강제로 출연시킬 수

는 없는 노릇이 아닌가?

"진짜로 출연하라는 거 맞습니까?"

"맞다니까요. 저희는 그런 것과 상관없이 출연시킬 겁니다."

"우리가 대룡과 싸우는데도요?"

"대룡이 바보예요? 대룡도 기업이에요."

대룡은 이익을 창출하고 돈을 벌어야 하는 기업이다. 그런 기업이 돈이 되는 것을 포기할 수는 없다.

"더군다나 기업 방송 만들 게 얼마나 많은데요. 그 부분은 걱정하지 마세요."

국장은 크게 웃으면서 자리를 떠났고, 그곳에 남은 사장단은 당혹감을 감추지 못했다.

"출연 금지가 떨어질 거라 말씀하셨잖습니까?"

"당연히 그럴 거라 생각했는데……."

손에 무기를 쥐고도 그 무기를 안 쓴다? 말도 안 되는 소리다.

그런데 진짜로 무기를 안 쓰겠다고 확실하게 못을 박았다. 심지어 원하면 각서까지 써 준다고 했다.

이래서는 자신들의 계획이 완전히 어긋나 버린다.

"우리가 출연을 거부할까요?"

"안 돼요. 그러면 우리가 곤란해집니다."

아상록은 머리를 흔들었다.

"안 그래도 여론이 우리 쪽에 안 좋은데 거기에 우리가 한꺼번에 출연시키지 않아서 압박하는 것으로 비치면 어떻게 되겠습니까?"

"그렇군요."

그러면 그때는 상황이 바뀌어 버린다.

자신들의 목적은 강제로 출연이 막혀서 대룡이 갑질을 한다는 이미지를 만드는 것이었지, 자신들이 파업하면서 대룡에 을질을 하는 이미지를 만드는 것이 아니었다.

"그러면 어쩌지요? 대표님, 저들이 우리를 어떻게 공격할까요?"

"글쎄요……."

분명히 자신들은 대립각을 세웠고 싸우겠다는 의지를 명확하게 했다. 그런데 협회에서 나오는 지원도 그대로고 방송국도 그대로다.

사실상 대룡에서 쓸 무기는 모두 봉인한 것이다.

그러고도 싸우겠다니.

'이런 식이면 우리를 공격할 수가 없을 텐데.'

아상록은 전혀 예측할 수 없는 대룡의 행동에 침을 꿀꺽 삼켰다.

같은 시각, 노형진은 새로운 사람들을 만나고 있었다.

"사용권을 넘기라고요?"

"그렇습니다."

"하지만 춤에는 저작권이 없는 거 아닌가요?"

상대방은 다름 아닌 안무가였다.

춤을 만드는 사람들.

그들은 작곡가 이상으로 무시받고 이용당하는 사람들이었다.

"아니요, 춤에도 저작권이 있습니다. 물론 행동 하나하나에 대한 저작권은 없지만, 그 음악에 맞춰서 일정 행동을 반복하는 것에는 저작권이 있지요."

"없다고 들었는데……."

"얼마 전에 판례가 바뀌었습니다."

과거에 춤은 저작권이 인정되지 않았다. 인간의 몸짓에 저작권을 걸 수 없다는 생각 때문이었다.

어떤 행동에 제약을 걸어 놓고 그 행동을 하지 못하게 할 수는 없지 않은가?

하지만 얼마 전에 판례가 바뀌었다.

"가령 팔을 꼬는 행위 자체는 저작권이 없습니다. 하지만 일정 시간 동안 연속된 동작을 하는 것은 저작권이 인정됩니다."

"그게 무슨 뜻인지 전 모르겠습니다."

"간단한 예를 들어 보지요. 다들 노래방에 가시지요?"

"네."

"노래방에서 1절만 부르면 저작권료가 안 나갑니다. 아십니까?"

"네?"

그건 몰랐던 모양인지 다들 노형진을 바라보았다.

"저작권이라는 것은 한 곡 전체에 대한 권한이지, 단어나 한 음절에 대한 권한이 아니거든요."

그러니까 노래의 일부만 이용하는 것은 저작권에 해당되지 않아서, 노래방에서는 저작권료를 지불하지 않는다.

"춤도 마찬가지입니다."

한 가지 행동에는 권한이 없지만 전부 다 붙여서 완성되면 저작권이 인정된다.

"음……."

"소속사에서 이런 건 안 알려 줬지요?"

"네."

'그럴 줄 알았다. 내가 바보냐, 후후후.'

만일 인터넷 방송국에 출연을 막아 버리면 그들이 대룡이 갑질을 한다면서 역공을 취하리라는 걸 예상하는 건 어렵지 않았다.

물론 출연 금지의 효과는 좋고 편하다. 하지만 장기적으로 보면 절대 좋은 게 아니다.

'여차하면 출연 막아 버릴 거야.'라고 윽박지르는 이미지가 있으면 누가 대룡과 함께 일하려고 하겠는가?

당연히 인터넷 방송국은 딱 선을 잘라서, 우리는 출연시킨다고 못을 박아 버린 것이다.

'하지만 방법이 없는 건 아니지.'

노형진이 찾은 다른 방법. 그건 다름 아닌 춤이었다.

노래 저작권도 그렇게 개떡같이 알고 빼앗으려고 하는 자들이 인정된 지 얼마 되지도 않은 춤의 저작권을 인정해 줄까? 그럴 리 없다.

"춤의 저작권을 저희에게 달라는 게 아닙니다. 사용권을 달라는 거지요."

"하지만 이미 사용권은 저쪽에 있는데요?"

저작권을 준 건 아니지만 사용권은 이미 저들에게 넘어가 있다. 그러니 여기서 계약해 봐야 의미가 없다.

"압니다."

노형진은 고개를 끄덕거렸다.

몰라서 그러는 게 아니다. 자신이 그들을 쥐고 흔들기 위해서 그러는 것이다.

"여러분들은 잘 모르겠지만, 무기한 사용권이라는 건 없거든요."

"네? 그게 무슨 말씀이신지……?"

"말 그대로입니다."

사용권을 준다고 해서 그걸 무기한으로 인정하지는 않는다.

일반적으로 사용권은 일정 기간을 인정하고 그 후에 자동으로 갱신하는 경우가 보통이다.

"그런데 여러분들의 계약서에는 그 기한이 표시가 되어 있지 않더군요."

"네? 그렇지요."

"그런 경우 소송하면 일반적인 공정거래법상의 규정에 따라서 판결이 떨어집니다. 보통은 3년 계약에 1년씩 자동 갱신이고요."

"그런데요?"

"여기에 3년 이상 된 분이 몇 분 되시지요?"

"네? 아, 그렇지요."

가수는 짠 하고 튀어나오는 게 아니다. 당연히 곡이 나오면 그 곡에 맞춰서 춤을 준비하고 연습해서 나온다.

그러니 이 중 몇몇은 3년이 된 사람들도 있고 그 이상 된 사람도 있다.

"그러니까 저희는 그들에게 연장 금지를 신청할 겁니다."

"네? 연장 금지요?"

"네."

연장 금지를 하게 되면 그들은 기한이 넘는 순간 그 춤을 사용할 수 없게 된다.

음악과 춤은 한 세트 같은 것이다. 갑자기 춤이 바뀌는 건 상당한 이질감을 불러온다.

설사 그게 아니라고 해도 갑자기 춤이 바뀌면 연예인은 그걸 새로 연습해야 하는데, 그 시간이 적게 걸리는 게 아니라서 무대에 혼란이 올 수밖에 없다.

귀에 들리는 익숙한 음악에 익숙한 자세가 나오게 되는 게 춤인데 갑자기 그 자세를 바꿔야 하니까.

"그리고 갱신 조건을 요구하는 거지요."

"아하!"

이제 와서 갑자기 돈을 달라고 하는 것은 무리다.

하지만 갱신을 요구하면서 그에 대한 새로운 조건을 협의하는 것은 절대로 불법이 아니다.

"만일 거절하면요?"

"그러면 그걸 쓰지 못하게 되는 거지요."

노형진은 안무가들에게 차근차근 설명을 해 줬다.

"작곡가들도 중요합니다. 하지만 안무가들 역시 그들의 과실을 함께 공유할 자격이 있다고 생각합니다."

물론 앨범이 망하고 그룹이 망해서 어쩔 수 없다면, 그래서 돈이 없다면 이해가 간다.

그러나 수십억씩 벌면서 정작 그 곡과 그 춤을 만든 당사자는 배가 고파서 굶어야 한다는 것은, 노형진은 용납할 수가 없었다.

"자신들의 권리를 충분히 아셨을 거라 믿습니다. 여기서 물러나면 여러분들은 영원히 노예가 될 겁니다. 언젠가는 버려질 수도 있겠지요. 그런 결말을 기대하는 건 아니겠지요?"

"……."

다들 눈을 찡그렸다.

노형진의 말이 농담이 아니기 때문이다.

시간이 지나면 대부분의 안무가들은 제대로 된 보상도 받지 못하고 그냥 내쳐진다.

더 젊고 센스가 좋은 안무가들이 나타나기 때문이다. 그리고 어느 정도 실력이 검증된 사람보다 싸니까.

어찌 보면 작곡가보다 훨씬 힘든 게 안무가였다.

"어떻게 하시겠습니까? 바로 결정해 주셔야 합니다."

"쉽게 결정할 수 있는 게 아니에요."

안무가들은 고개를 흔들면서 말했다.

그럴 수밖에 없는 게, 경매장에서 팔 수 있는 노래와 춤은 전혀 다르다.

노래는 들어 보고 살 수 있지만, 춤은 가수를 보고 곡을 들어 보고 만들어야 하니 계약할 때 자신의 신분을 감추는 것이 불가능하기 때문이다.

"그 부분에 대해서는 걱정하지 마세요. 끼워 팔 거거든요."

"끼워 판다고요?"

"네. 곡을 만든 작곡가와 안무가를 함께 계약할 겁니다."

"아하!"

그렇게 되면 안무가도, 작곡가도 훨씬 편하다.

서로가 서로의 특징을 잘 알고 있을 테니 추구하는 바도 정확하게 잡을 수 있고 말이다.

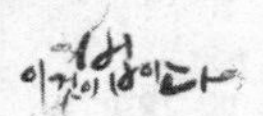

약간 자존심이 상하기는 하지만, 애초에 자존심이 남아 있다면 여기서 일을 할 수가 없다.

소속사 사장들은 안무가들을 마치 무슨 무료 댄스 강습소 직원쯤으로 대해 왔으니까.

"그리고 대룡도 제대로 거래하지 않는 곳에 불이익을 줄 겁니다."

"불이익이라고 하면?"

"출연시킨다고만 했지, 인기 좋은 작품에 출연시킨다고 하지는 않았습니다."

만일 비양심적으로 한다면, 출연해도 조연만 하게 될 것이다.

"물론 여러분들도 노력해야 합니다. 실력을 갈고닦아야 하지요."

"이건 좋아하지 않으면 할 수 없는 일입니다."

노형진의 말에 안무가들은 딱 잘라서 말했다.

"안무는 재능이 많이 필요하지요."

인간이 표현할 수 있는 행동은 한정되어 있다. 당연히 그 안에서 감정을 표현하는 행동을 만드는 것은 쉬운 게 아니다.

실력 있는 안무가들이 뭉치기 시작하면 다른 안무가들도 뭉칠 테고, 결국 제대로 된 안무가를 구하는 것은 그들을 통하지 않으면 방법이 없게 될 것이다.

"우리도 우리가 좋아하는 걸 하면서 살 수 있다면 좋겠습니다."

"그래서 대룡이 나서는 거지요."

대룡은 그런 그들을 통제할 것이다.

물론 그들이 뭉쳐서 새로운 안무가의 진입을 막으려고 할 가능성도 있다.

하지만 그게 성공할 가능성은 낮다. 대룡이 그냥 두지도 않을 테고 말이다.

'그리고 안무와 노래, 그 모든 걸 쥐고 있으면 그 녀석들이 배신하고 싶어도 할 수가 없지.'

노형진은 안무가들을 보면서 싱긋 웃었고, 안무가들은 그 미소를 보고 마음을 굳혔다.

"알겠습니다. 그러면 그 권한을 넘기는 데에 동의하면 되는 건가요?"

"그렇습니다."

노형진은 서류를 꺼내 들었다.

그렇게 차곡차곡 그들의 비수가 노형진의 손으로 들어오고 있었다.

"이게 무슨……."

전혀 예상하지 못한 방향에서 공격이 들어오자 아상록은 움찔했다.

안무가라니? 자신들은 그냥 버리는 일꾼 취급하는 녀석들이 아닌가?

그런데 그 녀석들이 사용 권한을 요구하고, 갱신에 따른 추가 수익을 요구한다니?

"장난해? 우리가 이걸 받아들일 것 같아?"

"안 그러면 우리는 사용 금지 가처분을 낼 수밖에 없습니다."

"흥, 재판부가 그런 말도 안 되는 주장을 받아 줄 것 같아?"

그는 과거의 판례 몇 개를 알고 있었다. 그래서 춤은 저작권이 인정되지 않는다는 것을 알고 있었다.

그걸 믿고 지금까지 그렇게 행동해 온 것이다.

그러나 법적으로 그가 변호사인 노형진을 이길 수 있을 리 없다.

"최근 판례는 다른데요."

"다르다고?"

"법도 발전하니까요."

안 그래도 그런 소리를 할 것 같아서 노형진은 미리 관련 판례를 들고 왔다.

그가 내민 관련 판례를 본 아상록의 얼굴은 딱딱하게 굳었다.

"보다시피 춤의 저작권은 인정되었습니다. 그리고 귀사의 계약서에는 기한이 정해져 있지 않지요."

"그거야 당연히……."

저작권이 없으니 기한도 정할 필요가 없었던 것이다.

하지만 이제는 저작권이 인정된다.

“공정거래법상의 표준 계약서에 따르면 3년 계약에 1년 자동 연장이 기본입니다.”

그리고 안무가들은 그걸 갱신할 마음이 없다는 것이다.

현재로서는 말이다.

“허억.”

그게 무슨 뜻인지 알아차린 다른 사장들은 얼굴이 새파랗게 질렸다.

그렇게 된다면 여기 있는 사람들이 데리고 있는 가수 중 상당수가 활동하지 못하게 된다.

물론 노래야 할 수 있지만, 댄스 그룹이 춤도 안 추고 뻘쭘하게 서서 노래만 부를 수는 없지 않은가?

“이, 이런…….”

경험이 많다고 자부하고 그래서 대표까지 된 아상록조차도 이런 건 생각하지 못했기 때문에 입을 다물 수밖에 없었다.

‘경험이 모든 것은 아니지, 후후후.’

경험은 양날의 칼이다.

경험이 많으면 여러 가지 사태에 대비할 수도 있지만 반대로 그 경험 내에서만 대비책을 만들기 때문에, 전혀 예상하지 못한 방식의 공격이 나타나면 제대로 저항도 못 한다.

“절대 인정 못 해!”

“알겠습니다.”

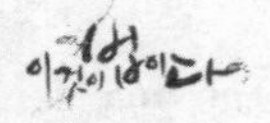

노형진은 고개를 끄덕거렸다.

"그러면 인정하지 마세요."

"뭐?"

"인정하지 마시라고요. 을질은 당신들만 할 수 있는 게 아니니까."

"그게 무슨……?"

다들 소름이 쫘악 돋았다.

을질은 자신들이 대룡에 엿을 먹이려고 한 행동이다.

그런데 그걸 어떻게 알고 비꼰단 말인가?

물론 어려운 건 아니었다. 노형진은 기억을 읽을 수 있으니까.

"아, 무슨 생각을 하시는지 알아요."

노형진은 씩 웃었다.

"여러분 생각이 맞습니다. 여러분 내부에는 배신자가 있지요. 당신들이 우리 사람들을 배신자로 만들려고 하는 것처럼, 당신들 내부에도 배신자가 있습니다. 그러니 당신들이 뭘 하든 우리가 알게 될 겁니다."

"허억."

물론 그런 사람 따위는 없다.

그러나 상관없다. 중요한 것은 배신자의 유무가 아니라 내부의 붕괴에 있으니까.

조금만 생각해 보면 자신들의 무기가 될 배신자가 있다고 말하지 않는 게 정상이지만, 그들은 그 부분은 간과하고 있었다.

“그러니까 열심히 회의해 보세요. 저희는 어떤 식으로든 대응할 수 있으니.”

노형진은 씨익 웃으면서 그 자리를 떠났고, 그 뒤에서는 언성이 높아진 고함 소리가 터져 나왔다.

“어떤 새끼야!”

“저희도 열심히 살고 싶었습니다. 하지만 30만 원 정도 되는 임금으로는 살 수가 없었어요.”

“저희가 큰돈을 달라고 한 것도 아니었습니다. 최소한 생계를 이어 갈 수 있게만 해 달라고 부탁했습니다. 하지만 돌아온 건 욕설뿐이었습니다.”

“저희는 안무가입니다. 춤을 만들고 가르치는 사람들이에요. 그런데 돈이 없어서 우리가 가르쳤던 사람들 뒤에서 백댄서를 해야 했어요. 어떤 때는 그렇게 버는 돈이 제가 안무가로서 버는 돈보다 더 많았습니다. 그럴 때마다 비참했어요. 도대체 내가 뭐 하는 짓인가. 내가 만든 춤인데 내 춤도, 그걸로 번 수익도 다른 사람에게 빼앗기고 이 꼴이 됐다는 게…….”

눈물로 기자회견을 하는 사람들.

그들은 노형진과 손잡은 안무가들이었다.

일부는 두려움 때문에 전면에 나서지 않았지만, 몇몇은 적극적으로 나서서 이야기했다.

보통 그런 사람은 경험도 많고 실력도 있는 이들이었다.

그러나 기획사에서 갑질로 인정해 주지 않아서 제대로 생활도 이어 가지 못하던 사람들이었다.

그들은 안 그래도 그만둘까 하는 생각을 하는 와중에 노형진과 대룡이 손을 뻗어 주자 덥석 잡은 것이다.

"아이가 아파서 병원을 간 적이 있었습니다. 어찌어찌해서 열은 내렸는데 병원비가 없었어요. 그래서 어쩔 수 없이 아이를 데리고 도망쳤어요. 그날 나온 병원비만 85만 원이었습니다. 대룡에서 그걸 이번에 변제해 주셨어요. 그리고 계약직으로나마 받아들여서 의료보험을 비롯한 4대 보험을 지원해 주기로 하셨어요."

그렇게 대룡을 칭찬하는 한편 자신들의 춤을 빼앗아 간 작자들의 민낯을 만천하에 까발렸다.

물론 그 기업에 속한 그룹에 영향을 줄 수도 있다.

아니, 주려고 한 것이다.

그들의 그러한 언론 플레이는 전혀 다른 방식으로 배신자들에게 타격을 주기 시작했다.

⚖

"어…… 아무래도 출연을 못 시킬 것 같은데?"

"뭐라고요? 말이 다르잖아요!"

"맞소! 말이 다르잖소!"

분명히 대룡 방송국은 대룡엔터테인먼트와 별개이고, 그들이 뭐라고 공격을 하든 싸우든 소속 연예인들을 출연시키겠노라고 했다.

그런데 이제 와 출연이 곤란하다니.

"이거 갑질이야! 갑질!"

꼬투리를 잡았다고 생각한 아상록은 언성을 높였다.

하지만 그다음 말에 입을 다물 수밖에 없었다.

"갑질이 아니야. 나도 출연시키고 싶은데, 홈페이지에 하차 요구가 너무 많아."

"하차 요구라니요?"

"이 사람들이. 하차 요구가 뭐겠나. 말 그대로 하차하라는 요구지."

그는 한숨을 쉬면서 미리 출력한 종이를 내밀었다.

수십 장을 넘어서 수백 장 단위인 종이는 인터넷 방송국 홈페이지에 작성된 게시 글들이었다.

"이건……."

"시청자들의 불만이 심각해."

"허어?"

"이러니 우리라고 어쩌겠나?"

"아니, 어째서요!"

"자네들도 알지 않나, 우리 인터넷 방송국은 다른 곳과 다르다는 것을."

공중파나 케이블은 만들어서 틀면 되는 곳이다. 따로 팔려나가는 건 부차 수익일 뿐이다.

하지만 인터넷 방송국은 다르다.

기본적으로 판매가 목적이다. 당연히 이런저런 말이 나오는 사람을 쓰는 것은 타격이 크다.

"그런 곳에서 아무래도 사회적으로 문제가 있는 사람을 쓰면 광고가 안 붙어. 알지?"

국장의 말에 사장단은 꿀 먹은 벙어리처럼 입을 다물 수밖에 없었다.

"나도 쓰고는 싶어. 하지만 그렇다고 이 수많은 시청자들을 무시하고 무작정 할 수는 없잖아, 우리 방송국 특성상."

"하지만……."

"하아…… 뭐, 내가 한 말이 있으니 나도 마냥 나가라는 말은 못 해. 자네들이 버틴다고 하면야 뭐, 최대한 써 주겠네. 하지만 지분이 많이 줄어드는 건 어쩔 수 없을 거야. 욕먹는 건 감당해야겠지. 하지만 솔직한 내 심정은 자네들이 나가 줬으면 하는 걸세. 아무래도 쫓겨났다는 이미지보다는 자발적으로 나갔다는 이미지가 훨씬 나은 선택 아니겠는가?"

"……."

생각지도 못한 방향으로 일이 커지기 시작하자 사장단은 정신을 차릴 수가 없었다.

⚖

대룡을 배신하고 나가려고 하던 사람들은 이를 박박 갈았다.

노형진의 회심의 한 수는 치명적이었다.

당장 행사를 가서도 춤은 안 추고 멀뚱히 서서 노래를 부르자 불만이 터져 나왔던 것이다.

"이래서는 못 이깁니다. 아 대표, 어떻게 할 겁니까?"

"잠깐만 기다려 봐요, 저도 방법을 찾고 있으니까."

하지만 방법이라는 게 없었다.

안무가들에게 돈을 주는 게 중요한 게 아니다. 당장 방송에 출연할 길이 막혀 버렸다.

물론 출연은 하고 출연료는 받는다. 하지만 통편집 수준으로 걸러지고 있다.

갑질이라고 싸우고 싶었지만, 지금은 홈페이지 게시 글뿐만 아니라 인터넷 여론도 그들을 내보내라고 아우성이었다.

'젠장…… 이건 생각하지도 못했는데.'

졸지에 팬이 안티가 된 상황에서 아상록이 쓸 수 있는 방법이 보이지 않았다.

"여론 조작이라도 한번 해 봅시다. 우리 팬클럽도 있지 않습니까?"

"그건 그렇지요."

분명히 팬클럽이 있다.

공식적으로는 대룡에서 한꺼번에 관리하기는 하지만, 그 팬클럽은 자신들과 가장 친하다.

"그렇지만 아무리 팬클럽이라고 해도 그다지 규모가 크지 않아서요. 이제 막 성장하는 단계인지라 골수팬도 많지 않고, 우리한테 우호적이지도 않아요."

"우리 팬클럽인데 우호적이지 않다니요?"

"엄밀하게 말하면 우리가 아니라 가수 팬클럽이지요. 대룡에서 뭐라고 한 건지, 가수에게 민폐 끼지치 말고 돈 주래요. 도리어 우리한테 안무가들에게서 돈도 제대로 안 주고 빼앗았다고, 갑질하지 말라고 난리예요."

팬들은 팬들대로 난리였다.

제대로 케어해 주지 못하고 도둑질로 그룹을 키우려고 했느냐면서 말이다.

물론 이것도 노형진이 미리 준비한 함정이었다.

각 팬클럽에 공지를 통해서, 이번 사태로 인한 가장 큰 피해자는 작곡가와 안무가뿐만이 아니라 이미지가 망가지고 있는 가수들이라며, 팬들이 뭉쳐서 그들을 보호해야 한다고 호소했다.

상황이 불리해지면 사장들이 가수들을 방패 삼을 게 뻔하니까.

그 결과 팬들은 가수와 소속사를 분리해서 생각하기 시작했고, 몇몇 공격적인 팬클럽들은 차라리 회사를 옮기라고 성화하기도 했다.

'젠장.'

아상록은 입술을 지그시 깨물었다.

뭐라도 하려고 해도, 방향이 다 막혀 있었다.

심지어 최후의 보루라고 생각한, 가수를 방패로 삼는 것까지 막혀 버렸다.

'내가 이렇게 당할 것 같아?'

자신이 어떻게 이 자리까지 왔던가?

돈이 없지만 재능이 있다고 생각해서 이쪽으로 방향을 잡았다. 그리고 이 자리까지 왔다.

물론 그 과정에 대룡의 힘이 많이 도움이 되었다고 하지만 그게 전부는 아니라고, 그는 생각했다.

틀린 말은 아니다. 아무리 대룡이 밀어준다고 해도 재능이 없으면 답이 없으니까.

하지만 그는 연예인을 알아보고 키우는 재능은 있을지언정 대중의 마음을 아는 능력은 전무했다.

"어쩔 수 없군요. 이렇게 된 이상 계획을 앞당깁시다."

"앞당긴다고 하면?"

"조합에서 나가는 겁니다."

"헉!"

"이 외에 무슨 좋은 방법이 있습니까? 벌써 일부는 이탈할 눈치를 보이고 있는데."

"그, 그건 그렇지요."

내부에 스파이가 있고 절대로 이기지 못한다는 사실을 알고는 일부는 잔류하는 쪽으로 다시 마음을 바꿔 먹고 있었다.

팬클럽이고 뭐고 죄다 대룡이 통제하고 있으며 사회적인 명분 역시 저쪽에 있다.

까딱 잘못하다가는 도리어 자신들이 내쳐지는 형태가 될 것이다.

그렇게 되면 곤란한 것은 자신들이다.

"더 이상 이탈이 벌어지기 전에 나갑시다."

아상록은 마음을 강하게 먹었다.

세력이 있어야 살아남는다.

충분한 세력을 빼돌리지는 못했지만 지금 있는 세력만으로도 충분히 인터넷 방송국을 만들 수 있고, 그렇게 된다면 자신이 모든 돈을 먹을 수 있다고, 그는 그렇게 생각했다.

"당장 회원들을 모아요. 그리고 나갑시다."

갑작스러운 조합원들의 이탈.

하지만 대룡도, 노형진도 놀라지 않았다.

어차피 벌어질 일이었고, 피할 수 없는 일이라는 것도 알고 있었기 때문이다.

"생각보다 빠르게 나가네."

"시간이 지날수록 불리해지는 건 자신들이니까."

시간이 지날수록 대룡의 시스템은 견고해질 테니 그들은 대룡에 작곡가와 안무가를 다 빼앗기게 된다.

그걸 독점해서 내는 수익이 적지 않은 걸 생각하면 그들의 행동은 어찌 보면 타당했다.

"그리고 성화의 잔당과 손잡을 것도 예상하고 있었고 말이야."

아상록 일파는 나가자마자 라손엔터테인먼트를 비롯한 성화의 잔당과 힘을 합쳐서 '케이팝그룹'이라는 외부 조직을 만들었다.

그들은 대기업의 문화 산업 진출을 규탄하면서 자신들이 문화 산업을 발전시키겠다는 발표까지 했다.

"자기들 이미지가 안 좋은 건 까먹은 건가?"

"시간이 지나가면 잊을 거라 생각한 거지. 뭐, 우리나라의 전형적인 특징이기는 하지만."

노형진은 그들이 한 기자회견을 보면서 피식거렸다.

나갈 거라 생각했다. 그리고 나가 달라고 부탁하고 싶었다.

"부담 안 돼?"

"부담은 무슨. 어차피 도려내야 하는 썩은 놈들이야."

사실 여기서 저들이 고개를 숙이고 들어왔다면 자신들이 곤란했을 것이다.

저들이 끝까지 버텨 준 덕분에 감사해서 절이라도 하고 싶은 기분이었다.

"그럼 이제 피날레를 하는 건가?"

"그렇지."

노형진은 씩 웃었다.

"계약서 장난질을 좋아하는 녀석들에게 우리도 장난을 좀 쳐 보자고."

⚖

"대표님, 큰일 났습니다!"

허겁지겁 들어온 사장단의 사람들.

다음에 어떻게 해야 복수를 할 수 있을까 고민하던 아상록은 그들을 바라보면서 눈을 찡그렸다.

"무슨 일입니까? 그래도 한 기업의 대표라는 사람들이 경거망동하지 말아야지요."

"지금 그렇게 느긋할 때가 아닙니다. 손해배상 청구가 들어왔단 말입니다! 손해배상 청구가!"

"무슨 손해배상? 대룡에서 조합에서 나갔다고 손해배상이라도 하랍니까?"

아상록은 콧방귀를 끼었다.

조합은 가입과 탈퇴가 자유롭다. 자신들이 나왔다고 해서 그들이 손해배상을 청구할 권한은 없다.

하지만 그 손해배상은 그런 뜻이 아니었다.

"그게 아닙니다! 광고 회사들입니다!"

"광고? 무슨 광고?"

"우리에게 광고를 맡겼던 곳들요!"

"무슨 소리요? 광고 찍은 걸 왜 우리가 배상해?"

"농담이 아닙니다! 대표님 회사도 소송 대상입니다!"

"무슨 소리야!"

그 소리에 아상록은 벌떡 일어났다.

남들이 당하는 것과 자신이 당하는 건 전혀 다른 문제다.

그는 기겁해서 그들이 가지고 온 서류를 낚아채서 읽기 시작했다. 그리고 얼굴이 창백해졌다.

자신에게 청구된 손해배상. 무려 15억이다.

이 무슨 상황이란 말인가?

"이게 왜?"

"계약서상의 조항이 문제가 된 모양입니다."

"무슨 조항?"

"광고를 찍은 당사자로서 이미지에 치명적 타격을 줄 수 있는 상황이 벌어질 경우 그 배상을 한다는 조항요."

"우리가 언제 광고를 찍었다고!"

자신들은 광고를 찍은 적이 없다. 그러니 그런 말도 안 되는 소리가 나올 리 없다.

"광고를 찍었지요, 명확하게."

그때 마침 문이 열리면서 들어오는 사람들.

그들의 앞에는 노형진이 서 있었다.

"넌……."

"일단 가압류부터 시작하겠습니다."

"뭐 하는 짓거리야!"

"뭐 하는 짓거리가 아니라, 압류하는 겁니다."

"뭐?"

"아, 담당 변호사 이름 못 보셨구나?"

아상록은 황급하게 맨 뒤에 붙어 있는 담당 변호사를 확인했다.

"새론……."

새론의 변호사들이 담당이었다.

이 모든 게 노형진의 장난이라는 걸 알아챈 그의 입에서 노호성이 터져 나왔다.

"어디서 장난질이야! 우리가 언제 광고를 찍었어!"

"이런, 이런. 출연할 때 제대로 확인하고 계약서에 도장 찍었어야지요."

"뭐?"

"여러분이 출연한 모든 인터넷 방송은 법적으로 광고입니다."

"광고라고?"

"네."

노형진이 인터넷 방송국을 만들 때 유민택에게 만들어 준 수익 모델 중 하나가 바로 방송의 광고화였다.

"인터넷 방송은 공중파의 PPL 규제에서 자유롭죠. 그래서 저희는 기업으로부터 돈을 받고 그 기업의 광고를 찍는 겁니다. 형태가 드라마나 예능일 뿐."

"그……."

"그리고 그걸 인터넷이나 케이블, 또는 중계 업체에 팔아서 수익을 내지요. 그 과정에서 그 프로그램을 본 사람들은 자연스럽게 해당 제품과 기업을 보게 됩니다. 광고지요."

실제로 신입 사원들의 애환을 다룬 기업 드라마 같은 경우 촬영 현장도, 제작비도 대룡에서 제공했다.

다른 드라마에서는 치킨집이 나왔고, 예능의 경우에는 여행사가 자금을 대는 식이었다.

"그런데 여러분들은 거기에 출연한 출연자들의 이미지를 망가트렸어요. 그리고 출연자의 이미지 파괴는 광고를 맡긴 회사의 입장에서는 치명적입니다. 당연히 광고효과가 없어지죠. 효과가 없어지는 정도가 아닙니다. 그들의 안 좋은 이미지가 광고를 맡긴 회사에 뒤집어씌워지기도 하지요."
"그……."
"그러니까 광고 회사에서는 당연히 손해배상을 청구하는 겁니다."
노형진은 거기까지 설명하고 손가락을 까딱했다.
그러자 기다리고 있던 집행관들이 재빠르게 물건에 딱지를 붙이기 시작했다.
"이게 무슨……?"
아상록은 사태를 이해하기 위해서 이 와중에도 노력했다.
확실히 그건 맞는 말이다.
일반적인 계약 내용이고, 또 법적으로도 맞는 말이다. 실제로 그런 일이 몇 번 있기도 했다.
그리고 그럴 때를 대비해서 만들어 둔 보험이…….
"보험!"
"네?"
"우리가 든 보험 있잖아! 이럴 때 대비해서 만들어 둔 보험! 조합에서 만들어 둔 보험!"
"아, 그 보험요."
노형진은 고개를 끄덕거렸다.
실제로 그런 보험이 있다.
기업의 미래라는 것은 모르는 것인 데다가 아무리 관리하려고 해도 연예인이 관리되지 않는 경우가 있다.

마약에 취할 수도 있고, 음주 운전을 할 수도 있고, 도박을 할 수도 있기 때문이다.

또한 열애설이 터질 수도 있는데, 예민한 광고주의 경우에는 이에 대해 손해배상을 요구하기도 한다.

그래서 조합에서는 보험을 만들어서 이런 사태에서 서로가 서로를 도울 수 있게 해 놨다.

"보험. 그럼요. 보험이 있지요."

노형진은 고개를 끄덕거렸다.

하지만 그다음에 말을 붙이는 것을 잊지 않았다.

"하지만 그 보험은 조합원에게만 해당되는 건데요?"

"뭐?"

"반문하실 만큼 어려운 답변은 아닌 것 같은데요? 그 보험의 가입 조건이 조합에 가입되어 있어야 한다는 거니 당연히 조합원이 아니면 혜택을 입지 못하지요. 그런데, 잊으셨나요?"

노형진은 가방에서 서류의 사본을 꺼내서 흔들어 보였다.

"여기 계신 분들, 다들 자의로 조합에서 탈퇴하지 않으셨습니까? 그리고 조합에서는 승인이 됐고요. 그 시간부로 조합의 보호에서 벗어난 겁니다."

다들 다리를 와들와들 떨었다.

'그래, 이제 와서 아차 싶지?'

저들은 자신들이 돈 좀 벌자 이러한 보험료나 아직은 성공하지 못한 회사를 돕는 돈이 아까워서 그걸 자신들이 혼자 먹으려고 내분을 야기하고 이탈하려고 했다.

자신들이 그 안에 존재한다는 것만으로도 엄청난 방패를 얻고 있다는 것을 망각한 것이다.

노형진은 그걸 노렸다. 그래서 나가기를 기대한 것이다.

결과적으로 그들이 나가고 난 후에 광고주인 기업들을 찾아가서 부추겼다.

기업의 입장에서는 투자했던 광고비를 회수할 수 있다는데 당연히 거절할 리 없었다.

그들은 기꺼이 노형진과 새론에 사건을 맡겼고, 그걸로 노형진은 마지막 비수를 꽂으러 온 것이다.

'자업자득이다.'

애초에 그 안에 머물러 있었다면 다른 기업들이 이런 손해배상을 할까?

무리일 것이다, 그 뒤에는 대룡이라는 강력한 백이 있으니까.

설사 했다고 하더라도 보험에서 분산해서 냈을 테니 저들에게 갈 타격은 거의 없었을 것이다.

하지만 스스로 걷어차고 나온 그들에게 이 건을 막아 낼 능력은 없었다.

물론 배상이야 할 수 있다. 하지만 그 이후에는?

한번 이미지가 망가진 사람들을 광고에 써 줄 리 없다.

출연도 막혔고 이미지는 바닥이다. 그런데 누가 쓰겠는가?

그렇다고 이들이 다른 그룹을 키워 낼 수 있나?

그렇지도 못하다. 이들은 욕심을 부린 것뿐이다.

가수들이 계속 인기를 끌었다면, 그래서 돈이 계속 들어왔다면 다른 그룹을 키울 수 있을지도 모른다. 지금 있는 가수들이 반짝 스타로 끝날 수도 있지만 오래오래 사랑받을 수도 있으니까.

그건 확정되지 않은 미래다. 아니, 미래였다.

가능성? 그것도 막혔다.

돈이 없는데 연습장을 어디서 구할 것이며 노래는 어디서 구하겠는가?

좋은 노래는 모두 경매장으로 갈 텐데.

털썩.

아상록은 다리에 힘이 풀려서 주저앉았다.

하지만 노형진은 그를 그저 힐끔 볼 뿐이었다.

불쌍하다? 그런 말이 사치인 사람이 있다는 것을 노형진은 알고 있었다.

"아저씨, 꼼꼼하게 좀 붙여 봐요. 저기 냉장고도 있고. 아, 저거 그림, 어허, 그건 붙이지 마요. 딱 봐도 짝퉁이구먼."

그 모습을, 사장단은 말리지도 못하고 멍하니 바라볼 뿐이었다.

⚖

"제가 잘못했습니다. 한 번만 받아 주신다면……."

박상규 앞에서 아상록은 무릎을 꿇고 두 손으로 싹싹 빌고 있었다.

그리고 박상규는 그런 그를 측은하게 바라보고 있었다.

저들은 어떻게 해서든 다시 돌아와야 했다. 그래야 배상금을 내고 미래를 준비할 수 있었다.

그러나…….

"사람은 고쳐 쓰는 거 아닙니다."

뒤에 서 있는 노형진의 말은 차가웠다.

"한번 배신을 한 놈은 또 하기 마련이지요."

"아닙니다. 절대로 아닙니다. 다시는 안 하겠습니다."

사장단은 이번에는 노형진 쪽으로 방향을 돌려서 빌었다.

"안 하는 게 아니라 못 하는 겁니다."

"아닙니다."

"난 당신들이 협회에서 나간 걸 문제 삼지 않습니다. 그건 당신들 선택이니까. 하지만 당신들은 자신들이 갑인 것을 이용해서 사람들의 피를 빨아먹었어요. 그리고 내 경험상, 그 버릇은 절대 못 고치지요."

"아닙니다. 절대 아닙니다. 안 그러겠습니다."

"안 그러는 게 아니라 못 그런다니까요."

노형진은 히죽 웃었다.

저들을 다시 받아 준다? 그건 가장 멍청한 선택이다.

'사람이 마냥 좋은 게 아니라는 걸 보여 줘야 할 때는 보여

줘야지.'

저들을 여기서 다시 받아 주면 분명히 만만하게 보고 덤비는 녀석들이 있을 것이다.

조직을 운영할 때에는 자비와 인덕도 중요하지만, 때로는 공과 사를 구분하여 엄벌에 처할 줄 아는 것도 중요하다.

안 그래도 막판에 마음을 돌려서 나가지 않은 집단에 대한 불만이 나오는 상황이다.

그런데 저들을 받아 준다?

그건 절대로 용납될 수 없는 일이다.

물론 노형진도 그들을 그냥 내버려 둘 생각은 없었다.

정확하게는, 그들에게는 아직 빨아먹을 피가 남아 있었다.

"저희가 받아들일 수는 없지요. 하지만 계약은 승계해 드릴 수 있습니다."

"계약? 무슨 계약요?"

"당신들이 가진 가수들요. 그 계약을 우리에게 판매한다고 하면 구입해서 승계해 드리지요."

"허억!"

다들 얼굴이 사색이 되었다.

자신들이 가진 유일한 생명 줄이다. 그런데 그걸 팔라니?

"싫으시면 말든가요. 어차피 끊어져 가는 줄 아니던가요?"

"……."

맞는 말이다. 자신들이 아무리 노력해도 방법이 없었다.

"가수들의 입장에서는 억울하지요."

가수들은 자신들이 잘못한 것이 아니다. 소속사 사장이 욕심을 부린 것뿐이다.

"단도직입적으로 말하지요. 가수들을 사 드리지요."

"네?"

"뭐, 협상해야 하지만, 한 팀당 그래도 2억은 건지지 않겠습니까?"

"그건 너무합니다!"

"너무해요?"

노형진은 콧방귀를 뀌었다.

"너무한 건 회사가 망할 때까지 기다렸다가 망한 후에 완벽하게 버려진 사람들과 다시 계약하는 거죠. 지금은 최소한 2억은 건지지 않겠습니까?"

"그……."

2억. 절대로 적은 돈이 아니다.

하지만 이미 소송이 진행 중이니 소위 말하는 빚잔치를 하고 나면 남는 게 없는 돈이었다.

"선택하세요. 2억을 받을 것인가, 아니면 그마저도 안 받을 것인가."

"……."

그들 중 몇몇은 눈치를 보기 시작했다.

'개새끼들.'

노형진은 그들의 꼼수를 예상하고 있었다.

아마도 회사가 망해도 법인을 없애지 않고 끝까지 쥐고 있다가 비싼 가격에 팔려고 할 것이다.

그렇게 하면 단돈 1억이라도 더 받을 수 있지 않을까 하는 잔머리가 뻔하게 보였다.

"무슨 생각 하는지 아니까 쓸데없는 생각 하지 마세요. 활동하지 못하는 가수들의 생명은 짧습니다."

그곳에 속한 이상 제대로 된 활동은 불가능할 테고, 그럴수록 가격은 떨어지면 떨어졌지 올라갈 수는 없다.

"그리고 제대로 케어해 주지 못한다는 이유로 계약 해지 소송을 할 수도 있지요."

"계약 해지 소송?"

"네. 몇몇은 할 생각이 있어 보이던데요?"

"……."

엔터테인먼트는 회사가 케어해 주고 그 수익을 나누는 계약이다. 그런데 사실상 기업이 망해서 그게 불가능하다면 가수의 입장에서는 그곳에 있을 이유가 없다.

그렇다면 당연히 해지 소송이 가능하고, 그러면 얄짤없이 해지된다.

그럼에도 불구하고 눈을 데굴데굴 굴리는 사장들에게 노형진은 쐐기를 박았다.

"아, 그러고 보니 가수들이 정산을 제대로 못 받았다고 하던데, 정산은 하셨는지?"

그들이 도망갈 마지막 길까지 막아 버리자 그들은 그대로 고개를 떨궈 버렸다.

⚖

"의외로 금방 정상으로 돌아오네?"

손채림은 다시 활동하는 가수들을 보면서 고개를 갸웃했다.

"아무래도 가수 본인의 문제가 아니라 소속사의 문제였고, 소속사를 옮겼으니까."

결과적으로 욕심을 부리고 배신하려고 하던 자들은 단 한 푼도 건지지 못하고 나가야 했다.

일부 가수를 넘긴 돈으로 상당수 변제하기는 했지만 그래도 배상액이 너무 많았던 것이다.

"다시 안 들어올까?"

"무리일걸."

돌아오려고 해도, 누가 그들을 도와주겠는가?

애초에 엔터테인먼트의 가장 중요한 요소는 다 잃어버렸다.

대중의 믿음도, 곡을 써 줄 작사가와 작곡가도, 그리고 그 노래에 맞는 춤을 만들어 줄 안무가까지.

사람이 재산이라는 말이 있다.

모든 재산을 잃어버린 그들은 돌아올 수 없다.

“우리는 더 커지고 말이지.”

쓰레기들이 정리되고 나자 조합은 빠르게 안정되었다.

만만하게 보던 대룡이 화가 나면 무섭다는 사실이 알려지자 무리한 요구를 하는 사람들도 없어졌다.

“하지만 끝난 건 아니잖아?”

“그건 그렇지.”

인간의 역사는 뭔가를 고치면서 발전한다.

지금이야 안정되었지만 언젠가 또 다른 방식으로 배신하려고 하는 놈들이 나올지도 모른다.

“그건 그때 가서 해결하자고.”

노형진은 어깨를 으쓱하면서 말했다.

“그래, 지금 해결할 게 너무 많다.”

“응?”

‘쿵!’ 하는 소리와 함께 노형진의 책상 위에 올라가는 서류들.

“변호사님, 결재 좀…….”

“으으으…….”

노형진은 그걸 보면서 울 것 같은 표정이 될 수밖에 없었다.

다음 권으로 이어집니다

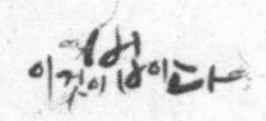